「香樹、顔が近い」
「こういう時は目を閉じるものだと習わなかったか?」

Contents

序章　皇帝陛下の想い人 ………… 005

第一章　三食昼寝付きに惹かれて

突然の任命 ………… 012

宮女、募集中 ………… 023

初めての後宮 ………… 042

波乱の後宮生活 ………… 062

第二章　提言が呼び寄せるもの

仮面越しの勇気 ………… 082

うわさの発端 ………… 100

黄家の姫君 ………… 127

第三章　男装の麗人

白一族の秘密 ………… 134

皇帝陛下を甘やかす ………… 147

少しの可能性 ………… 153

それぞれの推測 ………… 184

第四章　蛇の執着

苦い感情 ………… 200

すれ違う愛情 ………… 218

正々堂々と立つために ………… 225

第五章　我が身を尽くして

最終選考、開始 ………… 238

絶体絶命の苦境 ………… 252

第六章　あたため係のあるべき姿 ………… 277

番外編　まさかのお茶会 ………… 289

あとがき
302

皇帝陛下のあたため係

序章　皇帝陛下の想い人

巳《み》の国の皇帝、蛇香帝《じゃこうてい》こと白香樹《はくこうじゅ》には、忘れられない人がいる。
その人との思い出は、いつも決まって寒い時に思い出された。

寝台で横になっていた香樹は、ふと夜中に目を覚ます。
丸い窓から見えるのは、さえざえとした白い月。
まるで雪玉のようなそれに、香樹は舌打ちをしたくなった。

「寒い……」
イライラと、形の良い唇でうめく。
とにかく寒くて、頭がぼんやりする。
手も足も感覚がなくなって、少しでも暖を取ろうと体を丸めた。
部屋の隅にはたくさんの火鉢が並べられているが、寝台にまでその熱は届かない。
(誰か呼んで、火の番でもさせようか)
だが、こんな夜中に呼び立てるのもかわいそうである。
だんだんと混濁してくる意識にぼんやりと、そうも言っていられないかとも思う。
寒さに震えながら、香樹は無意識に「菊花《きっか》」とつぶやいていた。
香樹の言う菊花とは植物のことではない。
ある少女の、名前である。

『まるで建国の蛇神様のようね』

菊花はよくそう言って香樹を褒めた。

幼少期はどの蛇よりも弱く、どの蛇よりも小さかった香樹は、他の蛇にいじめられるたびに、菊花の服の中へ逃げ込んだ。

そんな香樹のことを、菊花はいつも笑って許した。

シュルシュルと肌を這う感覚に嫌悪感も抱かずに、『くすぐったいよ、ハク』と微笑《ほほえ》みさえ浮かべて。

菊花でなければ、いかに蛇神を信仰していようと追い払われていただろう。

一般的に見れば、蛇は怖い。毒があるものだっているのだから。

しかし、子どもの菊花はそんなことも知らず、のんきに香樹をかわいがった。

香樹も、そんな菊花を気に入っていたのかもしれない。

冬になっても冬眠せず、菊花の服の中でぬくぬくと過ごした。

小さな香樹は、菊花の服の中にいても気づかれることはなかった。

気づかれないのを良いことに、一人と一匹はこんな関係を毎年繰り返す。

ところが菊花が十三になった夏。

香樹は突然、姿を消した。

『いつか迎えに行くからな』

いなくなった自分を必死に探し回る彼女を陰からそっと見つめ、香樹はうしろ髪引かれる思いで旅立ったのである。

巳の国の皇帝は、国つくりの蛇神の子孫。ゆえに、彼らは成人するまで蛇の姿を取る。

そのことは、一部の人間しか知らない国家機密である。

「もうそろそろ、良いだろうか」

蛇である香樹は寒さに弱い。

人の形をしていても本質は変えられないのだ。

下手をすると冬眠してしまい、そのまま永眠してしまう可能性だって、なきにしもあらず。

「あぁ、菊花……」

冬の間、住まわせてもらっていた菊花の服の中。

彼女の肌のぬくもり以上に、香樹を癒やすものはない。

やわらかく、あたたかく、それでいて良いにおいがする。

「おまえが、恋しい」

香樹は、自分の番《つがい》が菊花であることを知っていた。

番――それは、獣神の末裔である獣人だけに存在する魂の伴侶。

獣人は生涯でたった一人の相手しか愛さない。たった一人しか、愛せない。

出会えばたちまちに運命の相手だと気づく。

彼らは本能で運命の相手を嗅ぎ分けるのだ。

この世界には五つの国があり、それぞれ獣人の皇帝や王が国を治めている。

巳の国は蛇、戌《い》の国は犬、辰《しん》の国は竜、卯《う》の国は兎、酉《ゆう》の国は鳥。

そして、皇族や王族の数だけ番と呼ばれる相手が存在するのである。

このことは各国の皇族や王族と、その伴侶にしか伝えられていない。

人知れず、彼らは伴侶探しをしているのだ。

香樹は幼少期に菊花と出会い、すぐに運命の相手だと悟った。

そして、ともに育っていくうちに彼女のやわらかな体に心を奪われたのだ。

こういうと香樹の好みがふくよかな女性だと思われがちだが、そうではない。

白蛇の獣人である香樹にとって、寝心地の良い菊花は最高の番なのだ。

温度、湿度、におい、そして感触……どれを取っても、菊花は理想的としか言いようがない。

変温動物である彼には、あたたかい寝床が必要不可欠。

下手をすれば寒さで死んでしまうので、まさに命綱とも言えよう。

間もなく前皇帝の後宮が解体されて、蛇香帝の後宮が作られる。

「菊花を呼ぶ、良い機会だ。ああ、寒い。早くあたためてくれ、菊花」

伸ばした手が彼女を抱きしめられるようになるのは、いつだろうか。

いっそ明日でも良いのにと、香樹は震える体を掻き抱いた。

第一章　三食昼寝付きに惹かれて

突然の任命

ここは後宮。女の園。

新たな皇帝、蛇香帝の妃になるために集められた女たちが、鎬《しのぎ》を削る魔窟である。

夕食を終え、自室へ戻った菊花が今日習ったばかりの『巳の国の歴史』と『歴代皇帝たちの偉業』を復習しようとしていた時だった。

「おい、おまえ。ちょっと来い」

乱暴に扉を叩かれたかと思えば、男が勝手に入ってくる。

振り返った菊花の目に入ったのは、油で撫でつけたような髪に、残念な頭頂部。見事に育った腹が、歩くたびにポヨンポヨンと揺れている。

鼻の下の付けひげを大事そうに弄るその男は、宦官《かんがん》の落陽《らくよう》であった。

「落陽様。ですが、夕食後の外出は禁止されております」

落陽の命令に菊花は迷わず答えた。

後宮での決まり事は多い。

夕食後の外出禁止も、その一つだ。

決まり事を破る。

それは、ここを追い出されることを意味していた。

菊花は後宮での生活を気に入っている。

三食昼寝付き。その上、無償で勉強までできる。

こんな好待遇は、巳の国のどこへ行ったって見つからないだろう。

だからどんなことをされようと、菊花は追い出されるわけにはいかないのである。

しかも、呼び出そうとしている落陽は、菊花のことを良く思っていない。

機会さえあれば菊花を出し抜き、自身が正妃に推薦する黄珠瑛《こうしゅえい》の株を上げようと必死なのだ。

大して優秀な部類でもない菊花が、目の敵《かたき》にされるのはなぜなのか。

それは、彼女を推薦した宦官が、落陽が好敵手と認識している登月《とうげつ》だからである。

もっとも、登月には出世欲などないので落陽の独り相撲ではあるのだが。

「うるさい。口答えをするな。いいから、とっとと、ついて来い！」

まるで子どものように落陽はその場で地団駄を踏む。

菊花はそれを少々哀れみがにじむ目で眺めた。

(宦官になると怒りっぽくなるとは言うけれど、それにしたって落陽様は怒りすぎだわ。いつもカッカしているから、頭頂部《てっぺん》がなくなってしまったのね)

ちらりと頭頂部へ視線を向けると、ギッとにらまれた。

「おい、どこを見ている」

裳《スカート》がめくれてしまった女性が恥じらうように、落陽が頭を撫でる。

言いたいことは山ほどあったが、言わぬが花だ。

菊花はしれっと視線をさまよわせながら答えた。

「外を見ておりました。真っ暗だなぁって」

「ふんっ。まあ良い。それより早く来い。あの御方がお待ちなのだ」

「ですから、夕食後の外出は……ん？　あの御方、とは？」

「あの御方はあの御方だ。早くしないと大変なことになる。決まり事などと悠長なことを言っていられない事態になるぞ」

落陽の言っていることは肝心な部分が濁されていて、菊花にはよく分からない。

だが、少なくとも彼が本気で焦っているのはたしかなようだ。

「分かりました。そのような緊急事態に私なんぞが役に立つとは到底思えませんが、行きましょう」

ようやく行く気になったかと、落陽は鼻息も荒く歩き出した。

そのうしろを菊花も小走りでついて行く。

(落陽様はどこへ向かっているのかしら？)

右へ左へ、落陽は何度も廊下を曲がる。

記憶力には自信がある菊花だが、帰り道が怪しくなりそうだ。

（もしかして、私を迷わせようとしている？）

もしやこの所業は新種のイビリかと菊花が疑い出した時、落陽は唐突に足を止めた。

突然止まったものだから、菊花は裾を踏んで転びそうになる。

たたらを踏んでいる間にタイミング悪く落陽が扉を開けたせいで、菊花はそのまま部屋の中へ倒れ込んだ。

「いったぁ」

顔面衝突は免れたものの、したたかにおなかを打ち、菊花は顔をしかめる。

「おい、よく聞け。これは仕方のないことで、決しておまえが選ばれたわけではない。それだけは忘れるなよ」

「え？」

倒れたまま振り返ると、ギリギリと口惜しそうな顔をした落陽が見えなくなった。

扉を閉められたのだ。

ガチャガチャガチャン！と、ご丁寧に鍵までかけられる。

菊花は閉まりきった扉を見上げ、呆然とつぶやいた。

「なんなのよ、もう。やっぱりイビリだったの？」

油断した自分が悪いが、まさか閉じ込められるとは。

菊花は諦めたようにため息を吐くと、のろのろと立ち上がった。

転びはしたけれど、幸い、けがはしていないようだ。

足が無事ならなんとか逃げられるでしょうと、菊花は楽観的に考える。

「油断すると、いつもこう。後宮はみんな足を引っ張り合って、醜いったらないわ。せっかく素晴らしい機会に恵まれたのに、追い出されるのも時間の問題じゃない」

ひとりごち、菊花は再びため息を吐いた。

だが、いくらため息を吐こうと事態が改善するわけもなく。

菊花は気を取り直すように裳を払った。

「たしか、あの御方が待っているって言っていたわよね。鍵をかけたってことは、もういるのかしら？」

周囲を見回すと、奥に薄ぼんやりと明かりが見えた。

唯一の光源に誘われるように、菊花は部屋の奥へと歩いて行く。

その足取りに、迷いはない。

明かりの少ない田舎の暮らしに慣れている菊花にとって、この程度の闇などごく普通のことなのである。

部屋の奥には天蓋付きの寝台が鎮座していた。

菊花がゆうに五人は横になれそうな、大きな寝台。

あまりの大きさに菊花が呆けた声を漏らすと、中から衣擦れの音が聞こえてきた。

「来たか」

ボソリとつぶやかれた声は低く、掠れた音をしている。

男にも女にも聞こえる声だが、どちらだろうか。

(もしかして……？)

この人が、落陽の言っていたあの御方だろうか。

(落陽様が慌てふためくような御方……どんな人なのかしら)

とはいえ、他人の寝台をずかずかと勝手に暴くのは恥ずかしい。

もじもじしていると、寝台の中から再び衣擦れの音がした。

音は、ズリ、ズリ、と這うように近づいてくる。

まるで、蛇が地を這うかのように。

「早くしろ。寒くて死にそうだ」

「……!?」

切羽詰まった余裕のない声を聞いたかと思うと、ニュッと飛び出てきた白い腕が菊花の脇の下に入った。

悲鳴を上げる間もなく、菊花は寝台の中へ引きずり込まれる。

「ああ、これだ、この肉。これを待っていたのだ、私は」

「は？　えっ？　肉ぅ!?」

すっとんきょうな声を上げる菊花に構わず、寝台の主人《あるじ》は彼女の体に自身の長い腕を巻きつけ、それでも足りないとばかりに足も絡みつかせた。

まるで獲物を絞め殺そうとしている大蛇のように、あるいは菊花が抱き枕であるかのように隙間なく体を密着させてくる。

「ひゃっ。つ、冷たっ！」

寝台の主人の肌は、氷のように冷たかった。

人間のものとは思えない温度に、菊花の肌が粟《あわ》立つ。

「どうしてこんなに冷たいのですか⁉」

これじゃあ、冬眠中の蛇みたい。

そう言った菊花に、寝台の主人は「そうか」と笑った。

一体、なにがおかしいのか。

菊花は訝《いぶか》しげに眉をひそめる。

「今夜は冷える。仕方がないことなのだ」

「仕方がない？　でもこれじゃあ、心臓が止まってしまいます」

――人は体温が二十度以下になると死に至ります。

そう教えてくれたのは、藍《らん》先生だったか。

あたためる方法までは教わっていなかったと、菊花は焦る。

「そうだ。だからおまえを呼んだ。さぁ、あたためてくれ」

それが自然なことであるかのように、寝台の主人は言う。

菊花はわけが分からなかった。

「………………はい？」

思わず見上げると、至近距離でじっと見つめられる。

赤い目だ。

とろりとした眠そうな目は、ずっと昔に一度だけ食べた、真っ赤な林檎飴のよう。

(甘そう)

知らず、舌舐めずりをしていたらしい。

寝台の主人の長い指が、菊花の濡れた唇を拭うように動いた。

「ひゃっ！」

冷たい指先に、反射的に身がすくむ。

ぶるりと震える菊花の熱をさらに奪うように、寝台の主人の生足が菊花の裳の隙間から侵入し、ねっとりと絡みついた。

(お、おおおお男の人だ‼)

身じろいだ拍子に菊花は気がついてしまった。自分にはない、体の有り様に。

なぜ、どうして。

意味が分からない。

ここは後宮で、男の人は宦官にならなければ入れない。

ないはずのものが、ある。

それが意味することが分からないほど、菊花は阿呆ではないつもりだ。

知らない間に、後宮の外に連れ出されていたのだろうか。

(それとも、まさか……？)

思い当たる答えに、でもでもだってと自問自答する。

後宮に入れる男の人。

それも、宦官ではない男の人。

そんな人は、この世でただ一人しか存在しない。

「寒い。あたためてくれ」

「ふぇっ!?」

「おまえしかいないのだ。頼む」

「うえぇぇ!?」

寝台の主人の手が上衣を裳から引っ張り出して、裾から侵入してくる。

菊花のやわらかな腹を無遠慮に撫で回した。

それから満足したように「ほぅ」と妙に色気のある吐息を漏らし、菊花の腹の肉をつまみながら言った。

「この肉……癒やされる」

熱に浮かされかけていた思考が、一瞬で冷静さを取り戻す。

（にく……肉って言ったよ、この人！）

たしかに、菊花のおなかはポヨンポヨンである。

触り心地だって抜群だ。

（だけど！　肉って言わなくたっていいじゃない！）

こう見えても、年頃の女子なのだ。

遠慮なく「肉、肉」と言われて傷つかないこともない。

（事実だけれども！　でも！）

そこで菊花は、はたと思い出した。

（この人はさっきも肉と言っていなかった？）

気がついて、ますます腹が立った。

ぷくりと頬を膨らませ分かりやすく不満を表す菊花に、寝台の主人がククッと笑う。

「愛《う》いな」

寝台の主人の手が、楽しげに肉を——否、菊花のおなかをつまむ。

「今日からおまえを、私のあたため係に任命する。私が呼んだらやって来て、こうしてあたためよ。良いな？」

最後のほうは、まるで寝言を言っているように判然としない。

返答を待たずして寝入ってしまった寝台の主人に、菊花は今更ながらに思った。

（どうして、こうなったの……？）

菊花がこのたび、冷たい男にあたため係を任命されるまでには、さまざまな経緯があった。

どこから回想するのが妥当だろうか。

それはもう当然のことながら、彼女がここ——後宮へ来るまでのところからであろう。

宮女、募集中

巳の国の西、崔英《さいえい》の田舎にある名もなき町。

その町外れに菊花の家はあった。

「お父さん、お母さん、いってきます」

家の隅に置かれた祭壇とも呼べない粗末な棚の上。

そこに置かれた小さな置物に向かって、菊花は手を合わせた。

軽くうつむき礼をすると、額《ひたい》にハラリと金の髪が一筋かかる。

明るい金の色は、この国ではとても珍しい髪色だ。

肌はもっちりしていて白く、目は紫水晶をはめ込んだような色をしている。

隣接する戌の国ではこのような容姿は珍しくないが、黒髪黒目が一般的な巳の国では非常に珍しい特徴だった。

彼女が町外れに住んでいるのは、その異質な容姿のせいである。

父も母も巳の国の民らしい見た目をしているのに、菊花だけが、まるで拾い子のように彼らと違う容姿なのだ。

不躾な人々は「母親が他国の男と浮気をしたからだ」とか「子に恵まれないせいでどこかか

らもらってきたのだ」と言った。

菊花の両親は、そんな中傷から彼女を守るために、田舎のさらに田舎で慎ましやかに暮らしていたのである。

菊花は、両親からきつく「町へ行く時は髪を隠しなさい」と言われていた。

両親の言い分はもっともである。

このあたりで、金髪を持つ者は菊花だけ。髪を隠さず町へ行けば、謂れのない誹謗中傷にさらされてしまうのだから。

両親の言い付けに従い、菊花は今日も頭に布を被って家を出た。

一年前に両親が疫病で相次いで亡くなって以来、菊花は一人で家に住んでいる。

竹でできた家はほどほどに強く、ほどほどにボロい。

冬は隙間風で寒いが、夏は心地よい風が入ってきて気持ちが良い。

難点は多いし、菊花が一人で住むには広すぎる家だけれど、両親や親友との思い出が詰まったこの家を離れる気はなかった。

砂利さえない獣道のようなあぜ道を黙々と三十分ほど歩いて、町に出る。

菊花はそこで、山で採った山菜や薬草を売って生計を立てていた。

その日も、いつものように馴染《なじ》みの店で山菜と薬草を買い取ってもらい、もらったお金で食べ物を買い込んだ。

いつもより少しだけ多くもらったお金が、あっという間に消えていく。

（でも、いいの。今日は奮発して、鴨肉が買えたから！）

裕福な暮らしではないが、少しの贅沢は良いだろう。

背負ったかごの重みにニヤニヤしながら帰路につこうとしていた菊花は、町の中央にある広場がいつもより騒々しいことに気がついた。

「お祭りでもあるのかしら？」

つぶやいた言葉に、近くにいた乾物屋の店主が「違うよ」と声をかけてくる。

「先月、蛇晶帝《じゃしょうてい》が崩御《ほうぎょ》されただろう？　それで、後宮が解散したンだ。今度は新しい皇帝陛下の後宮を作るってンで、宮女を募集しているのさ」

店主が指差した先、広場の中央には高札が立てられている。

学のない菊花が読むには難しそうな内容だ。

全く読めないわけではないが、知らない文字が多すぎて読み違えそうである。

「おじさん、宮女って皇帝陛下のお世話係のことよね？」

「ああ、国で一番偉い御方に仕える女たちだ。でも今回に限っては、嫁候補と言ってもいいだろうな。今の皇帝には妃がいないから」

「皇帝陛下のお嫁さんは、宮女から選ばれるの？」

「そういう時もある」

「じゃあきっと、綺麗な人が選ばれるんだろうなぁ」

「そりゃあ！　皇帝陛下も妻にするなら綺麗な人がいいだろうサ。と言っても、一人じゃねェけどな」

店主が言うことが本当なら、高札には宮女の条件などが書かれているのだろう。

高札の周りにいる者の反応はさまざまだ。

ある者は「やってやるわ」と目をギンギンさせながら拳《こぶし》を握り、またある者は顔を青ざめさせてブルブル震えている。

女のそばで崩れている男には、一体なにがあったというのだろう。

もしかしたら、皇帝の妃になるつもりの女に捨てられたのかもしれない。

（かわいそうに……）

菊花は哀れみの表情で手を合わせた。

「一体、どんな美女が選ばれるのかねェ。きっと、目もくらむような女に違いねェ」

「そうねぇ」

菊花はそう言って、かごを背負い直した。

（宮女なんて、私には関係のないことだわ）

皇帝陛下のお嫁さんともなれば、国一番の才媛、もしくは美女と決まっている。

だから、菊花には関係のないことなのだ。

なぜなら、彼女は才媛でもなければ美女でもない。

この国においての美女とは、射干玉色《ぬばたまいろ》の目に濡羽色《ぬればいろ》の髪の毛。それから透き通るような白い肌をしていて、体がほっそりとした女性なのだ。

菊花は白い肌だけは該当しているが、それ以外はかすりもしない。

明るい金の髪に菫《すみれ》のような紫色の目。

焼いて膨れた餅のようなもっちりとした体形。

戌の国では菊花のような体形を棉花糖体《マシュマロボディ》というらしいが、はたしてそれは褒め言葉なのだろうか。

語感はかわいいので、菊花は褒め言葉だと思うようにしている。

(それよりも、今夜は鴨鍋なんてどうかしら。ああでも、焼いて塩をつけたのも捨てがたいわ)

早々に見切りをつけて夕飯に思いを馳せ始めた菊花に、通りすがりのおばさんが「いやだよぉ」と笑った。

「あんた、関係ないって顔しているけどね。十六歳以上で二十五歳未満の未婚女性はみんな、宦官の面接を受けなきゃいけないんだよ」

そこまで言っておばさんは、菊花のことをしげしげと見た。

「見たところ、あんたも対象じゃないか。羨ましいねぇ。宮女候補に選ばれりゃあ、三食昼寝付きの至れり尽くせりさぁ。あたしもあと十歳若ければ、こんな男と結婚しなくてすんだのに」

大きな声でケラケラと笑いながら、おばさんは隣でたたずんでいた線の細いおじさんの背を、遠慮なしにバンバン叩いた。

おじさんはおばさんにされるがままで、助けてくれと縋《すが》るような視線を菊花に向けてくる。

「あの、おばさん？　おじさんが苦しそうだけれど、大丈夫？」

「ん？　大丈夫よぉ。これくらいで倒れるようなやわな男、旦那になんてするもんか！」

おばさんはますます強気で、夫であるおじさんの背をバンバン叩く。

ゲホゲホと咳き込んでいるけれど大丈夫かな？と思っていたら、乾物屋の店主が助け船を出してくれた。

「奥さん。今日の夕飯はもうお決まりかい？　もしまだ決まっていないってンなら、これなんてどうだい？」

「あら、見たことない乾物だけど、これはなんだい？」

「珍しい海の生き物の干物さ。烏賊《イカ》っていうンだけどな、これが炙《あぶ》るとうまいのよ」

茶色の薄い干物からは、なにやらおいしそうなにおいがしている。

思わず「買います」と身を乗り出そうとした菊花だったが、握りしめていたお金では買えそうにないことを思い出した。

（いつまでも見ていてはお店に迷惑ね。次はあれを買うことを目標にしましょう）

炙ったらおいしいと言っていた、烏賊という名前の海の生き物の干物。

菊花の唇がじゅるりと動いて、喉がゴクンと鳴る。

（あぁ……干した魚を酒で戻して焼いたものもおいしいのよね。烏賊も同じ方法でおいしくなるかもしれないわ）

そうと決まれば、次は酒も買わなければ。

気持ちを切り替えた菊花は、かごを背負っていそいそと町を出て行った。

◇◇◇◇

それから、数日後のことである。

「……あれ？」

家の前に見慣れないものを見つけて、菊花は首をかしげた。

いつものように食費を稼ぐために山へ分け入り、帰ってきたところだった。

菊花はかごを背負ったまま、服はドロドロのひどいありさまである。

どこかで転んだのか、顎のあたりにも泥が跳ねていた。

「どうして馬車が、こんな場所に？」

首に巻いた手ぬぐいで顔を拭いながら、菊花はしげしげと眺める。

馬車は貴族が乗るものだ。

菊花はもちろん、今は亡き両親だって縁があったとは思えない。

こんな田舎の、さらに町外れにある菊花の家の前に停まっているなんて、おかしな話だ。

(道に迷ったのかしら？)

このあたりまで馬車で来るのは、さぞ大変なことだっただろう。

道は整備されていないし、山を背にして建っている菊花の家までは緩《ゆる》やかな斜面になっている。

馬にとっては最悪な仕事だったはず。

(山を越えてきたのか、これから越えるのか……。どちらにしても、馬からしてみれば地獄のような仕打ちね)

菊花はかごを下ろすと、畑の隅に転がっていた桶に水を汲み、どこか疲れた顔をしている馬たちに水を与えた。

我先にと桶へ顔を寄せる馬たち。

菊花はそんな馬たちに微苦笑を浮かべながら、そっと様子を眺めた。

馬たちにつけられた装飾品は、それなりに上等なものだ。そのうしろにつながれた馬車もしかり。

「貴族ってまではいかないけれど、それなりに裕福そうな馬車ねぇ」

商売に成功した商人あたりが乗っていそうな馬車だ。

こんな田舎でも、それくらいなら見たことはある。

もっとも、貴族の馬車なんて菊花は見たこともなかったから、あくまで彼女の独断と偏見による感想でしかない。

貴族といえば、皇帝陛下より偉くはないけれど、菊花にとっては雲の上の御人たちだ。

だから、目もくらむような豪華な馬車に乗っているに違いない――と、思ったことがポロリと口から滑り出ただけなのである。

「おい」

馬車を見上げていたら不機嫌そうな声がして、窓から男が顔を出した。

その瞬間、まぶしい光が菊花の目に降り注ぐ。

慌てて目を背《そむ》けると、一人の男が馬車からえっちらおっちら降りてきた。

ふくよかな体形をした男だ。

髪の両脇は油のようなもので塗り固められていて、頭頂部はピカピカと日の光を反射させている。

(まぶしかったのは、これのせいね)

脂ぎった頭頂部は鏡のようになるらしい。

初めて知った知識を菊花はこっそり心の手帳に書き記した。

菊花は、いろいろなことを知るのが大好きだ。

学校へ行けない分、新しいことを知るたびに心の手帳へ書き込むことにしている。

（本当は紙に書いておきたいけれど、稼ぎは食費になっちゃうから……）

新しい知識に上機嫌になっていると、男が菊花のほうへ歩み寄ってきた。

でっぷりとした腹は、歩くたびにタプタプ揺れる。

（走る時、大変なのよねぇ）

菊花の場合は、腹より胸のほうがよく揺れる。

ボヨンボヨンして、非常に走りにくいのだ。

今日だって、山で遭遇したうり坊に追いかけられて大変だった。

（おいしそうって言ったのがまずかったのかしら？）

しかし、本当においしそうに見えたのだ。

菊花にとって猪《イノシシ》の肉はごちそうである。

「おまえ、名は？」

男の目が、いやらしげに濁る。

猪の肉に思いを馳せる菊花は、男の値踏みするような露骨な視線に気づかない。

「おい。聞いているのか？」

「へっ？　あぁ、すみません。菊花と申します」

男の苛《いら》立たしげな声に、菊花は慌てて答えた。

「ふむ。声は悪くないな」

首と一体化したような丸い顎を撫でながら、男は満足げにうなずく。

その視線は相変わらず、ねっとりと菊花を捉えたままだ。

男はひげを撫でつけながら、ゆったりとした足取りで菊花の周りを一周した。

(この人は一体なにをしているのかしら？)

「あのぅ……？」

問いかけて背後を見れば、男は前を向けと言わんばかりにシッシッと手を振る。

(私、犬じゃないのだけれど！)

これには菊花も腹が立ち、ムスッと顔をしかめた。

「ふぅむ。登月が目をつけていると聞いたから、わざわざここまで足を運んでやったが……無駄骨だったようだな。肌の色は合格としても、それ以外はまるでなっておらん。まぁ、それで良い。私は私が推薦する女を連れて行けば良いだけのこと。このような醜女《しこめ》であれば、早々に脱落するに違いない。とうとう登月にやり返す機会がやって来たぞ」

所詮は田舎娘だと菊花のことを犬くらいにしか思っていない男は、背後でそのように独白していた。

菊花に学はない。

だが、常日頃から心の手帳に書き込む習慣があるせいか、記憶力だけは秀でていた。

そのため、男の何気ないこの独白も菊花はしっかりと記憶した。

そうとも知らず、男はグフグフと変な声を上げながら笑う。

(豚みたいな笑い方ね)

菊花が失礼なことを考えているとも知らず、男は上機嫌だ。

なんだか背中がゾゾッとする。

菊花は迫り上がる悪寒に体を震わせた。

「さて、菊花とやら。残念ながら、おまえは私のお眼鏡には適わなかった。だが、諦めるにはまだ早い。これより数日後、宦官の登月という男がやって来る。その男は、おまえのことを後宮へ連れて行ってくれるだろう。せいぜい都《みやこ》の素晴らしい光景を目に焼きつけて、すごすごと帰郷するが良い。ではな」

いかにも悪党というような高らかな笑い声を上げながら、男は馬車に乗り込んだ。

言いたいことを言い終えたのか、男の顔は至極満足げである。

(馬車って、どれくらいの重さなら耐えられるのかしら?)

ギィギィと悲鳴を上げているあたり、男の体重は許容範囲を超えているのだろう。

(こんな計算も貴族だったら、ちょちょいのちょいってできちゃうんだろうな。いいなぁ、貴族。せめてこの人くらい稼げたら、少しくらい学校に潜り込めたりしないかしら?)

ギッコギッコと音を立てながら、馬車が動き出す。

菊花はそれを羨ましそうに、見えなくなるまで見つめていた。

◇◇◇◇

男の予言を聞いてから三日後。

家の前の畑で草むしりに精を出していた菊花の前に、一頭の馬が止まった。

いななきと、それを宥《なだ》める「どうどう」という声。

菊花が慌てて立ち上がると、馬上の男と目が合った。

ぞんざいに結い上げられた黒く艶やかな髪が、春風になびく。

どこからか飛んできた桃の花弁が、男の髪を彩るようにひとひら絡まった。

まるで絵巻物のような情景に、男の顔の造形に期待が高まる。

だが残念なことに、菊花と目が合ったその男の顔は、至って平々凡々とした、特筆すべき点もない普通の顔だった。

黒い髪に黒い目。巳の国では一般的な容姿である。

馬を落ち着かせた男は、菊花を見下ろしてこう言った。

「私は宦官の登月である。菊花殿で、お間違いないか？」

謎の男の予言は、どうやら本当だったらしい。

それなりに良い馬車に乗ったあの男は、気まぐれに下界へ降りてきた神仙《かみさま》だったのかと、菊花は無礼な態度を取った自分を恥じた。

同時に、登月と名乗った男の丁寧な物言いに心から驚いた。

宦官といえば、選良《エリート》である。

特に自ら志願して男の証を切除した宦官は、皇帝や寵妃《ちょうひ》たちの側近として重用されるらしい。

目の前にいる宦官が自ら志願したのかそうでないのかは定かではないが、どちらにしても選良であることに変わりはない。

そんな宦官が、ただの田舎娘でしかない菊花に偉ぶるそぶりもみせない。

偉い人は偉そうに振る舞うものだと思っていた菊花にとって、登月の態度は異質にも思えた。

「へいっ」

返答しようと開いた口から、おかしな声が出る。

だが、それも仕方がないことだ。

だって菊花は、驚いていたのだから。

しかし登月は、菊花のおかしな声を聞いても表情一つ変えず、ただ「そうか」とうなずいただけだった。

うろたえる菊花に、登月はそんなことはどうでも良いとばかりに問いかける。

「蛇香帝が宮女を募集している旨は、既に知っているか?」

「はい、知っております」

「私はそなたを推薦するつもりで来た。もしもついて来てくれるのならば、今よりももっと良い生活を約束しよう」

「今よりも、もっと……？」

「そうだ。まず、三食出る」

登月はそう言うと、指を三本立てた。朝食、昼食、夕食という意味だろう。

「三食……」

山に入らなくてもご飯が食べられる。

これは、菊花にとってかなり魅力的だ。

狼《オオカミ》や猪が出る山に分け入らなくても良くなる。

引き寄せられるように、登月のほうへ一歩足が出た。

「その上、昼寝付き」

「昼寝付き……！」

なんということか。

ご飯をもらえるだけでなく、昼寝までついてくる。

宮女ってなんてすてきなのだろうと、菊花の心がぐらんぐらんと揺れた。

そしてまた一歩、登月のほうへ足が進む。

「さらに、宮女候補だけが入学できる女大学で、好きなだけ勉強ができる」

好きなだけ勉強ができる。

これは、三食昼寝付きよりも魅力的だ。

(こ、これほどまでに魅力的なお誘いがあるかしら？　答えは否！　あるわけがない！)

菊花の足がまた一歩、前へ出る。

あと一歩進めば、登月が乗る馬に触れることができるだろう。

だが、菊花には一つだけ不安なことがあった。

「あの……」

「なんだ？」

「それは、分割払いが可能でしょうか？」

三食昼寝付きで勉強までさせてもらえる。しかもこんな田舎娘が。

美人だったらまだ良い。皇帝陛下のお嫁さんになれる可能性も十分にある。

だけれど、菊花はお世辞にも美人とは言えないし、むしろ真逆だと自信を持って言える。

宮女に人数制限があるのかどうかは知らないが、少なくとも菊花のような者が皇帝陛下のお手付きになることはまずないだろう。

(……どう考えたって私は皇帝陛下の好みじゃないはず。つまり、これは……賄賂を渡したら便宜を図《はか》ってやるっていうお誘いというわけね！)

独り身の菊花ならば、たとえ失敗しようと誰に迷惑をかけるでもない。

取引をするには最適な相手ということだ。

そう思ったからこその台詞《せりふ》だったのだが、言われた登月はなにを言っているのだという顔で菊花を見下ろした。

(あら、なにか違った?)

首をかしげる菊花に、登月は呆れ顔でため息を吐く。

「学費も食費も必要ない。後宮には後宮の予算があるから、安心して来ると良い」

今度は菊花がなにを言っているのだという顔をする番だった。

(どうやら私は大きな勘違いをしていたみたい?)

賄賂を用意できるか心配だったから聞いたのに、学費や食費の心配をしていると思われたらしい。

それはつまり、登月は本気で菊花を宮女候補として——つまり、皇帝陛下の妃になる資格がある女性として迎えに来たということだ。

「そう、ですか……」

これには菊花も驚いた。

(もしや、蛇香帝はゲテモノがお好き……?)

そういえば、お金持ちは燕《ツバメ》の巣とか鹿の陰茎とか、庶民が食べようとも思わないものを食べると聞いたことがある。

もしかしたら菊花はそういう枠で推薦されるのかもしれない。

(でも、これはチャンスよ?　食費も学費も無料で、その上昼寝付き。宮女になれるかどうかは別として、貴族でもないのに学校へ通うには、これしか方法がないんじゃない?)

「……なら、逃《のが》す手はないわよね」

「来るか?」

「はい!　行かせていただきます!」

元気良く返事をした菊花に、登月はホッと息を吐いた。

来てくれなかったらどうしようと、内心思っていたからだ。

宦官、登月。

彼は蛇香帝のお気に入りである。

出世欲なんてまるでないのに、蛇香帝に気に入られたせいでいつの間にか偉くなっていた。

気に入られた理由はただ一つ——彼は誰よりも茶を淹れることがうまかったのである。

初めての後宮

名もなき町から馬に揺られて約一日。

巳の国の西、崔英に到着する。

ここからは手配しておいた馬車に乗るのだと、登月は言った。

崔英から皇帝陛下がおわす宮城《きゅうじょう》まで三日ほどかかるそうだ。

登月が手配した馬車は、貴族が乗るような豪奢《ごうしゃ》なものだった。

中も外観に劣らず高級な造りで、菊花はどこへ座るべきだろうかと悩む。

普通に考えれば両脇に設置されたフカフカの椅子に座るのだろうが、こんな椅子、生まれてこの方座ったことがない。

「あの」

庶民の菊花は座ることさえ恐れ多く思えて、困惑しながらうしろにいた登月を見た。

「どうした?」

「どこへ座ればいいのでしょうか?」

「はい?」

登月の反応は当然だろう。

馬車の中にはちゃんと椅子がある。

それならば、椅子に座れば良い。

だというのに、これである。

登月はそっとため息を吐くと、菊花を追い越して先に中へ入った。

向かって右の席に腰を下ろし、どうぞと促すように向かいの席を手で示す。

「あぁ、そうですよね。椅子があるならそこに座ればいいんですよね！　すみません。私ったら、つい。宦官様とご一緒することなんて初めてだから、座っていいのか焦っちゃいました」

「宦官様はやめてくれ。登月と呼んでくれないか？」

「えっと、でも、呼び捨ては恐れ多いので……登月様、ではいけませんか？」

「それで良い」

「よかった。じゃあ、登月様と呼ばせていただきますね！　私はしがない田舎娘ですから、どうぞ菊花と呼んでくださいませ」

「ああ、そうしよう」

会話を終えるのを待っていたかのように馬車が走り出す。

滑らかな走り出しに、菊花は歓声を上げた。

登月曰く、崔英には庶民の移動手段として乗合馬車というものがあるらしい。

座席はほぼなく、立って乗るのが普通のようだ。

馬車の窓に引かれた布の隙間からそっと外を眺めて、菊花は「ほぅ」「へぇ」と、ひたすら声を漏らしていた。

菊花の声が「へぇ」から「おぉ！」に変わったのは、崔英を出てから三日目のことだった。

到着したのは、巳の国の都。

馬車が何台も横並びで通れそうな幅の広い道。

その両端に、色とりどりの屋根の屋台がずらりと並ぶ。

さらにその奥には、見たこともないくらい大きくて、絢爛豪華《けんらんごうか》という言葉がぴったりな建物がそびえ立っていた。

「ここは、大路。都で一番大きな道です」

口を開けたまま「ほわぁ」と驚きの吐息を漏らす菊花に、登月はそう教えてくれた。

都に入ったせいか、登月の口調は少し丁寧になっている。

「おおじ！」

コクリとうなずきながら、菊花は好奇心に胸を躍らせた。

なにもかもが珍しい。

まず、歩いている人からして、菊花が生まれ育った町とは違った。

菊花と同じような質素な格好をしている者もいるにはいるが、目を見張るような――どうやって着るのかと首をかしげたくなるような、煌《きら》びやかな服をまとう者が多い。

馬車が走る合間を、人々は慣れた様子でスイスイと歩いて行く。

どの人も忙しいのか、脇目も振らずに足早である。

これが都かと、菊花はひたすら感嘆の声を漏らし続けた。

そんな中、馬車は大路をどんどん進む。

気づけば大路の奥まで来ていて、見たこともないような巨大な門を通過しようとしていた。

門の先に、屋台はない。

ここからは別の場所だということだ。

洗練された高級そうな空気は、どこか神聖ささえ漂う。

菊花は無意識に背筋を正した。

それからしばらくして、カタンと大した音も立てずに馬車が止まる。

御者《ぎょしゃ》の手で扉が開かれると、ザァザァと勢いよく流れる水の音が聞こえた。

（川が流れているのかしら？）

菊花は好奇心を隠しきれない表情で、扉から顔を覗かせた。

目に入ったのは、色とりどりの石を組み上げた格子柄の噴水だ。

地域によっては死活問題になる水が、ここでは潤沢なようである。

色とりどりの石も、宝石みたいにキラキラして綺麗だ。

菊花は噴水のあまりの美しさに、ここは桃源郷かしらとうっとりした。

（すごいわぁ）

惜しげもなく水を噴き上げ続ける噴水が、菊花には物珍しくて仕方がない。

興味津々で馬車を降りて、いそいそと噴水へ駆け寄った。

「菊花。行きますよ」

なんでもないことのように噴水を素通りする登月が、菊花には不思議である。

（きっと、登月様にとってはこれが当たり前なのね。こんなにすてきで、こんなに不思議なものなのに。後宮ってこんなものがたくさんあるのかしら？）

やっぱり登月について来て良かったかもしれない。

住み慣れた我が家をあとにする時は少し寂しく——否、だいぶ感傷的な気分になったが、菊花のあふれんばかりの好奇心を満たすには、後宮《ここ》はもってこいの場所だ。

（だって、到着して早々にこんなに面白いものを見られたのだもの）

菊花は嬉しそうに微笑んだ。

「宿舎へ行く前に身体検査があります。ついて来なさい」

「けんさ！」

菊花はいつまでも噴水を見続けていたかったが、置いて行かれては困る。

名残惜しげに指先で水面を撫でて、慌てて登月のあとを追った。

「ここは、前の皇帝陛下の後宮です」

「へぇ、ここが……」

朱塗りの立派な廊下が続いている。

触れたら欠けてしまいそうな繊細な装飾を施された柱や、置かれている調度品。

菊花は、ここにあるものがどれほどの価値を持つものなのか判断がつかなかったが、どこからともなく漂ってくる雅やかな香りに、さすが後宮だなぁと思った。

「ええ。今は宮女候補たちの宿舎と女大学を兼ねていますが、宮女が決まる頃には新しい後宮が完成するでしょう」

(まぁ、私なんかが宮女になれるわけがないし。新しい後宮のお世話になることはないでしょうね)

噴水ほど興味をそそられず、菊花は止まることなく歩く。

登月も詳しく説明するつもりがないのか、カツカツと廊下を歩いた。

右へ曲がって左へ曲がって、部屋を抜けて、今度は真っすぐ。

複雑な道のりを登月は迷いなく歩く。

菊花は最初こそ道順を覚えようと頑張ってみたが、途中で諦めた。

だって、無理だ。

興味を引くものが多すぎて、とても記憶していられない。

仕方なく、菊花は登月に置いて行かれないよう、なるべく脇目を振らないようにしながら歩いた。


かなり歩いたところで、登月はとある扉の前で止まった。

登月が合図を送ると、待機していた宦官たちが厳かに扉を開く。

(ここは猛獣の檻かしら?)

菊花はとっさにそう思った。

部屋の中には、たくさんの少女がワラワラとひしめいていた。

綺麗な子、かわいい子、利口そうな子……。

ありとあらゆる少女たちが一堂に会している。

(うぅ、場違い感が半端ではないわ)

入室してすぐに感じた、突き刺さるような視線。

しかし、菊花を認識するなり次々と逸らされていく。

(私、ゲテモノ枠だしね。張り合おうなんて気は間違っても起きないでしょう)

分かってはいたけれど、少しだけやさぐれたくもなる。

なにもそんなに露骨にしなくてもいいじゃないと思っていた菊花のうしろから、別の宦官が少女を伴ってやって来た。

艶やかな黒い髪。白い肌には傷一つない。パッチリとした二重《ふたえ》と長いまつ毛が印象的で、いかにも大事に育てられましたというような優しい顔立ちをした少女である。

彼女もまた、菊花と同じように突き刺さるような視線を感じたのだろう。

持っていた荷物を、縋るようにぎゅうっと胸に抱く。

守ってあげたくなるような子だと菊花は思った。

だが、そう思わない者もいるようで――。

「あーら。ちょっと、そこのあなた。こちらへいらっしゃいな」

親切そうな台詞だが、悪意がにじみ出ている。

さっそく目をつけられたのか、菊花よりあとに入ってきた少女は、身分が高そうな少女のもとへ連れて行かれた。

抱えていた荷物を取り上げられた彼女は、その中に入っていた簪《かんざし》を奪われる。

「やめてください！　お願いだから返して。それは、お祖母様の形見なの！」

少女は目に涙を浮かべながら、簪を取り戻そうと手を伸ばす。

しかし、意地悪な取り巻きたちがそれを許さない。

取り上げられた簪は少女の手に戻ることなく、身分が高そうな少女の髪に挿されてしまった。

「あなたみたいな田舎娘より、わたくしのような高貴な女性にこそ似合うわ。ねぇ、そうでしょう？　皆様」

「ええ、そうですわ」

「黄家《こうけ》の姫君、珠瑛様にこそ似合います」

「あなたのような小娘に真珠の簪なんてもったいないわ」

取り巻きたちは、口々に高貴な少女――珠瑛を褒め称える。

それを当然とうなずき返している珠瑛に、菊花は虫唾が走る思いがした。

射干玉色の目に、濡羽色の髪の毛。

たしかに乳白色の真珠の簪は映えるだろう。

だが、持ち主の少女だって同じ色である。

菊花は貴族というものを見たことがなかったが、きっと珠瑛は貴族に違いないと思った。

だって彼女は、歩くたびにしゃなりしゃなりと音がしそうなのだ。

彼女のようにクネクネした歩き方をする人は、大勢の人がいた大路にだっていなかった。

(あの人とは絶対に関わりたくない)

菊花がゲンナリとした顔でその一幕を眺めていると、隣から深いため息が聞こえてきた。

見上げれば、菊花と同じようにゲンナリとした顔の登月がいる。

「黄家の長女ですか。おおかた、落陽あたりが連れて来たのでしょう」

「こうけ？　らくよう？」

「あそこでふんぞり返っている女性がいるでしょう。あの方が重臣の一人、黄蘭瑛《こうらんえい》の娘で黄家の姫君、珠瑛です。巷《ちまた》では彼女が正妃になるだろうとうわさされていますが、はたしてどうなるのか……」

登月はそう言うと、ククッと意味深な笑みを浮かべた。

まるで珠瑛が正妃になれないと確信しているような――。

(気のせいかしら?)

菊花が不思議そうに見上げていると、登月はコホンと咳払いをした。

もう意味深な笑みは浮かんでいない。

そこにあるのは、平々凡々とした表情の乏しい顔だけである。

「珠瑛の隣にいる太った宦官が見えますか?　あれが落陽です。昔から事あるごとに私に突っかかってくる。面倒なことにね」

「あの人は……」

菊花は後宮へ来る以前にも落陽と会ったことがあった。

「黄珠瑛と落陽。この二人には近づかないほうが良いですよ」

「登月様、もう手遅れかもしれません。だってあの人、登月様よりも数日早く私のところへ来ましたから」

「え?」

「登月が目をつけていると聞いたから、わざわざここまで足を運んでやった。このような醜女であれば、早々に脱落するに違いない。とうとう登月にやり返す機会がやって来たぞ……と言っていました」

「なるほど。おおかた、私があなたを迎えに行くことをどこかから聞いたのでしょう。珠瑛以上の逸材ならば、私に先んじて連れて行こうとしていたのでしょうね」

「はは。残念ながら、お眼鏡には敵わなかったわけですけど」

「でもまぁ、もう目をつけられているのなら諦めるしかありませんね。菊花、先に謝っておきます。あの二人はなにをしてくるか分からない。なにかあったら……いえ、気がかりがあった時点で、すぐに私を呼びなさい。いいですね?」

「はい、分かりました！　でも、どうして私が目をつけられるのですか?」

近づくつもりなんてさらさらないが、どうしてなのか理由は気になる。

菊花の問いかけに、登月はこう返した。

「私が菊花を推薦するからです」

まさか理由が自分にあるとは思わず、菊花は目を丸くした。

「登月様が私を推薦すると、なにかあるのですか?」

「私はこう見えて、宦官の中でも地位が高いのです。宦官たちは今、月派と陽派の二派に分かれています。月派の筆頭は私、陽派の筆頭が落陽。つまり、あなたは珠瑛の対抗馬ということになりますね」

「なるほど、対抗馬……って、私がですか⁉」

さらりと衝撃的なことを告げられて、菊花はすっとんきょうな声を上げた。

途端、周囲が静まり返り、訝しげな視線が向けられる。

菊花は体を小さくして「すみません」とつぶやくと、登月の背にそっと隠れた。

登月が偉い人というのも驚きだが、それよりもっと驚きなのが、正妃になるかもしれないと言われている珠瑛の対抗馬が自分だということである。

自他共に認める醜女である菊花が正妃になるなんて、天地がひっくり返ったってないはずだ。

（いやいやいや、ありえないから。対抗馬とか、うそでしょ？　登月様、賭けに出すぎじゃない？　だって私、ゲテモノ枠よ？　あんな正統派美女に勝てるわけがないじゃない）

珠瑛より勝っていることといえば、一人でも生きていける術《すべ》を持っていることと、触り心地最高の棉花糖体《マシュマロボディ》くらいだ。

それだって、正妃には必要がないものである。

（いやぁ……無理でしょ）

菊花はチラリと珠瑛を見た。

先ほどはすぐに興味を失ったように菊花から真っ先に目を逸らしたのに、今は鼠《ネズミ》を追いかける猫のような意地が悪そうな目で菊花を見ている。

（え、もしかして見られている？）

まさかね、と菊花は移動してみた。

右へ一歩、登月の背に隠れてから、今度は左へ一歩。

珠瑛の視線はスススと菊花を追いかけてくる。

(気のせいじゃなかったぁぁぁぁ!)

焦る菊花の隣で、登月が「ふむ」となる。

そして、細い顎をひと撫でして一言。

「さっそく、敵認定されたようですね?」

登月の無慈悲な言葉に、菊花はガクリと肩を落とした。

(訂正するわ。登月様について来たのは間違いだったかもしれない……)

「落ち込んでいるところ申し訳ないのですが、これから身体検査です。私は同行できない決まりなので、出口で待っていますね」

後宮に入る前に必ず行われるらしい身体検査。

多種多様な美しい少女に接触できる機会ということもあって、表にこそ出さないが、身体検査に当たる宦官たちは色めき立っている。

菊花が呼ばれたのは、一番端にある検査室だった。

先に入った少女はまだ検査中なのか、そのやりとりが聞こえてくる。

これからなにをされるのだろうと、菊花は緊張しながら耳をそばだてた。

宥めすかすような宦官の声に、羞恥と侮蔑《ぶべつ》がにじむ少女の硬い声。

どうやら簡単な検査ではないようだ、と菊花は渋面《じゅうめん》を作った。

「次の方、どうぞ」

菊花の順番が回ってきた。

そわそわと落ち着かない胸に「大丈夫よ」と言い聞かせながら、一歩踏み出す。

「失礼します……」

扉を開けた瞬間、もうもうと部屋に充満する煙が菊花を出迎えた。

（この煙は……お香、かしら？）

菊花には馴染みがないが、貴族は香を焚《た》くのが常識だと聞く。

とはいえ、先が見えないほど煙が充満しているのはいかがなものか。

やりすぎではないかと顔をしかめる菊花に、宦官は言った。

「煙いだろうが、我慢しなさい。こうしないと恥ずかしくて逃げる娘がいるのでね。まぁ、君は大丈夫そうだが」

分かりやすく小馬鹿にされて、さすがの菊花も眉をひそめた。

これみよがしにため息を吐かれ、唇を尖らせる。

（そりゃあね？　分からなくもないですよ？）

花顔柳腰《かがんりゅうよう》、羞月閉花《しゅうげつへいか》。

どれほど褒め称えても足りないくらいの美女たちに紛れて、毛色こそ珍しいが珍獣枠《ゲテモノ》の少女が来たのである。

宦官が落胆するのも仕方がない。

仕方がない、のだが。

「はい、ここに寝て」

先に検査を受けた少女には「寝台が冷たくて申し訳ないね」とか「恥ずかしいけれど我慢だよ」と優しい声をかけていたのを菊花は部屋の外で漏れ聞いていた。

だというのに、この態度。ぞんざいすぎやしないだろうか。

（綺麗な花に紛れて椿象《カメムシ》が来ちゃったような気分ってところでしょ。でも、そんなに露骨に不満げな態度を取らなくても良くないですか⁉　椿象にだって乙女心はあるのですよ！）

こんなに素直で大丈夫なのだろうか。

宦官にとって後宮という場所は戦場も同然だと思っていたから、菊花は少し心配になってしまった。

（でもまぁ、宦官ですらこんなありさまなんだから、黄家のお姫様とやらも早々に気づいてくれるよね？　私が正妃狙いじゃなくて、珍獣枠で連れて来られただけだってこと）

検査室に入るまでチクチクと突き刺さってきた、射るような視線。

人からあれほどまでに分かりやすく敵視をされたことがなかった菊花は、怯え、ひたすら登月を盾にして隠れていた。

珠瑛の視線は、お姫様というより暗殺者と言われたほうがしっくりくる。

運良く珠瑛よりも先に検査室へ呼ばれて逃れられたものの、今後のことを考えると気が滅入りそうだ。

（だってこれからあの子もここで生活するのよね？　貴族の姫と一緒に生活だなんて、私にできるのかしら？）

「早く寝てくれる？　次の子が待っているから」

「あ……すみません」

考えにふけっていた菊花は、宦官に急《せ》かされるまま寝台へ寝転がった。

先ほどの少女への声がけを聞いていた限り、このあとはいろいろ見られたり、触られたりするのだろう。

（あぁぁぁぁ恥ずかしい！）

珍獣枠だとしても羞恥心はある。

おなかの上に置いた手をぎゅっと握りしめ、しっかりと目を閉じた菊花は、覚悟を決めて待った――のだが。

「失礼する」

菊花の身体検査が始まろうとしたその瞬間、別の宦官が部屋に入ってきた。

顔の下半分を薄い布で隠したその宦官は、菊花に触れようとしていた宦官を見るなりスッと目を細める。

煙越しに見えたその目は、淡い赤色をしていた。

巳の国では珍しい色に、菊花は親近感を覚える。

「交代の時間だ」

「そうか、ではあとを頼む」

もしも今、身体検査を受けるのが菊花でなく先にいた少女だったら――と菊花は想像する。

（こんなにあっさり交代しないいんだろうなぁ）

しんと静まり返る室内。

受け入れ態勢に入っていた菊花だが、すっかり気持ちを削がれてしまっていた。

どうしたら良いものか分からず、菊花は所在なさげに胸元で手を握りしめる。

宦官はその間にてきぱきと新たな香を焚き始めた。

それまで焚いていた香と混じり合うと、深い森のような奥深い香りへ変化する。

（……なんだか、眠くなってきたわ……）

うとうとする菊花に、宦官はなにかを確かめ小さくうなずく。

「身体検査は初めてか？　恥ずかしくないよう、しっかりと香を焚いておいてやろう」

「ありがとう、ございます……」

少々偉そうな物言いだが、良い宦官のようだ。

横たわったまま菊花がコクリとうなずくと、穏やかな声で「構わぬ」と返された。

「この香は、なんだか、安心しますね……？」

「そうだろうとも」

疲れていたのか、菊花のまぶたはだんだんと重たくなってくる。

寝ては駄目だと分かっているのにどうしてもあらがえず、菊花はすぐに眠りに落ちた。

「ああ……この日をどれほど待ち望んでいたか……」

寝入る寸前、手の甲にヒヤリとしたものが押し当てられた気がしたけれど、あれはなんだったのだろう。

やわらかくてふにっとした感触は、菊花が感じたことのないものだった。


「……おい、おい！」

大きな声に菊花は「んえ？」と間抜けな声を漏らした。

「もう寝台から降りて結構です」

「え、いいのですか？　もう終わったの？」

どうやら寝ている間に身体検査は終了したらしい。

菊花を担当してくれた赤い目の宦官の姿はもう既になく、別の宦官がそこにいた。

羞恥心と戦うどころかすっかり寝こけてしまうなんて、我ながらなんて図太い神経をしているのだろう。

か弱さのかの字も持っていない自分に、菊花は思わず感心してしまった。

「問題ない。早く寝台から降りて退室するように」

「はぁ……」

どんな検査をされたのかは分からないが、とりあえずどこにも痛みはないようである。

違和感もなく、服も整ったまま。

言われた通りに寝台から降りると、宦官はそそくさと菊花を部屋から追い出した。

「おかえりなさい」

部屋から出てきた菊花を迎えたのは、登月だった。

退室した扉は入室した時とは違うものだったのか、見知らぬ廊下が続いている。

「問題がなかったようで、良かったです」

そう言った登月に、菊花はどこか納得いかない。

「検査室でなにか問題でも？」

菊花はしばし考えるように沈黙したが、やがて検査室で起きた出来事を話し始めた。

あとから入ってきた、赤い目をした宦官のこと。

香を嗅いでいたら、眠くなってしまったこと。

「おやおや、眠ってしまったのですか。それはなんとも……まぁ……」

言わずとも、目が語っている。

これならば後宮でもやっていけるでしょう、と。

菊花は頬をぷっくりと膨らませた。

「登月様！」

「まぁまぁ、落ち着いて。宿舎へ案内しましょう」

責めるようににらんでくる菊花に肩をすくめ、登月はしれっと先を歩き始めた。

「まさかこの段階で接触してくるとは……。思っていた以上に執着なさっているな……」

苦々しくつぶやきながらも、どこか楽しげな表情を浮かべる登月。

その背中を追いかける菊花は、彼のつぶやきに気がつくことはなかった。

波乱の後宮生活

後宮へ来て半月が経った頃。

火炙りにされた服の残骸を前にして、菊花は重くため息を吐いた。

爽やかな天気とは裏腹に、気分は非常に悪い。

真っ黒に焼け焦げた、服だったもの。それは亡き母が繕ってくれたものだ。

菊花にとって母の形見と言っても良い。

両親が亡くなり、生活のためにいろいろ売り払ったけれど、これだけは必要なものだからと言い訳をして売らなかったものがある。

それが服だったのだ。

普段着二着と寝間着。

たった三着しかないというのに、そのうちの二着が燃やされてしまった。

誰がやったのかは、分かっている。

目の前にいる三人——朱家《しゅけ》の紅葉《こうよう》、紫家《しけ》の氷霧《ひょうむ》、緑家《りょくけ》の桜桃《おうとう》だ。

彼女たちは常に珠瑛と行動をともにしている。いわゆる取り巻きというやつだ。

珠瑛の敵は自分たちの敵とばかりに、日々菊花へ嫌がらせを仕かけてくる。

彼女たちの言い分は、こうだ――。

「汚れていたから、洗ってあげようと思ったのです」

「ええ。洗って、庭に干しておきました」

「しかし、あいにくのお天気でしょう？　乾かないと大変だと思って、火を焚きましたの」

「そうしたら、あっという間に燃えてしまって……」

「これは事故ですわ。ごめんなさいね、菊花さん」

んなわけあるか。

菊花はその言葉を飲み込んだ。

代表して謝罪した珠瑛は、申し訳なさそうに眉をハの字にしている。

だが、団扇《うちわ》で隠れた口元は笑っているに違いなかった。

意地悪くニヤニヤとしているのが、透けて見えるようだ。

(汚れていたから洗った。これはまぁ、優しいと言えなくもないわ)

ただし、菊花が今着ている服なら分からなくもない、という話だ。

顔見知りというだけの親しくもない人が、汚れた服を洗ってあげたいという親切の押し売りをするためにわざわざ部屋へ侵入するなど、ちょっと……というか、だいぶ変だ。

(それから、洗ったから干した。これはまぁ、普通といえば普通。一人目と同じく、嫌悪感はあるけれど、濡れていたら干すしかないもんね)

問題は三人目である。

乾かないと大変だと思って火を焚いた。

これは、どう考えたっておかしい。

普通、洗った服を乾かすのに火を焚くだろうか。

そもそも今日はとてもよく晴れていて、そよそよと気持ちの良い風も吹いていた。

濡れた服が乾かないはずがない。

貴族が着るような厚手の服ならまだしも、菊花が着ている質素な服なら、なおさらである。

この場に駆けつけたのが、まともな宦官か、もしくは月派の宦官であればそれなりの罰を下《くだ》せただろう。

だが残念なことに、この事件を解決するために呼ばれた宦官は、陽派の筆頭・落陽であった。

(呼んだというか、待機していたというか……用意周到なことで)

珠瑛たちの言い分を聞いた落陽は、鼻の下にあるひげを弄りながら、でっぷりとした腹を突き出すようにして「まぁまぁ」と笑った。

「彼女たちも善意でやったこと。菊花様とは違ってお嬢様育ちゆえ、仕方のないことなのだ。これくらいで怒っていては、正妃はもちろん宮女にだって……とてもとても」

落陽は、菊花を田舎娘だと馬鹿にしながら、高貴な身分である彼女たちが知恵を絞って施した善意を責めるものではないと笑っているのだ。

「さて。誤解は解けたことですし、これで良いですかな？　服なんて、また買えば良いではないですか。そうでしょう？　菊花様」

菊花にそんな財力がないことを知っていて、落陽は言う。

意地悪な言葉にぐぐっと拳を握った。物言いたげににらみながら、それでも言い返すことのない菊花に、調子に乗った取り巻き三人娘が楽しげに「ほほほ」と笑う。

「あら、意地悪な落陽様」

「彼女には服を買うようなお金がありませんのよ」

「そうですわ。ほら、ご覧になって？　今着ている服も擦り切れて破れてしまいそう」

「おやめなさいな三人とも。菊花さん、ごめんなさいね。彼女たちも悪気があって言っているわけではないのよ？　素直だからつい言ってしまっただけなの。許してちょうだいね」

んなわけあるか。

菊花は本日二度目のその言葉をまた飲み込んだ。

落陽と珠瑛、それから取り巻き三人娘は、用は済んだとばかりに去っていく。

事態はなに一つ解決していない。

首謀者と実行犯は野放しのまま。菊花の服は弁償さえしてもらえない。

もっとも、弁償できる代物でもないのだけれど。

幸い、登月に事情を話したら、すぐに寝間着と普段着を用意してもらうことができた。

母の形見よりも随分と上等なそれらに、菊花はおろおろと困惑する。

菊花には過ぎたものだ。こんな上等なもの、冠婚葬祭でだって着られない。

慌てて突き返そうとすると、登月は押し返しながらこう言った。

「私が推薦したせいで、あなたはそのような目に遭ったのです。これくらいさせてください。お母様の形見だったのでしょう？　守れず申し訳ございません」

「頭を上げてください、登月様！」

深々と頭を下げられてしまっては受け取らざるをえない。

登月ほどの人が田舎娘でしかない菊花に頭を下げるなんて、してはいけないことなのだ。

「では、受け取ってくれますね？」

にっこり。

登月の細い目がさらに細くなる。

反論は受けつけません。

そう言われているような気がして、菊花はコクコクとうなずきながら手を出した。

改めて受け取った服は、どれも軽くてやわらかな触り心地だった。

少し前に大路で見た、都人たちがまとっていた煌びやかな服よりも上等そうである。

（こんな服、一生かかったって私には買えそうにないわ）

さすが後宮、と菊花はもらったばかりの服をまじまじと眺めた。

ゆったりとした袖や裳は、歩くたびにふわふわと揺れそうだ。

透明感のある生地だから、風に吹かれてなびく様はさぞ美しいに違いない。

淡い色合いも、菊花の好みだった。

合わせて選んだであろう花と羽を組み合わせた髪飾りは、華やかだけど派手すぎず、使いやすそうな意匠である。

（ただ、残念なことに身につけるのが私っていう……）

菊花は、暗い色合いのものを着たほうが引き締まって見えると思っている。

今は亡き母も菊花が気にしているのを知っていたから、地味な色で服を作ってくれていた。

「登月様」

「どうしました？　もしかして、気に入りませんか？」

「いえ、とてもすてきですし、好きな色なんですけれど……これ、私に似合うでしょうか？」

もらったばかりの服を体に当てて見せる。

田舎娘には恐れ多い貴族のような服は、当てているだけで目がくらみそうだ。

登月はそんな菊花と服を見比べて、「似合っていると思いますよ」と笑った。

「今までの服も悪くはありませんでしたが、あなた自身が全体的に淡い色合いをしていますので、こういう色味のほうがお似合いかと。白状しますと、この服を用意したのは私ではないのです。あなたを紹介してくださった方が、もしもの時のためにと用意してくれたものなので、着てあげたらきっと喜ぶと思います」

「そんな奇特な方がいらっしゃるのですか⁉」

「いらっしゃるのですよ。今はお教えできませんけれどね」

一体誰ですかと聞く前に、登月は釘を刺すように言った。

「そうなんですか。その方のおかげで三食昼寝付きで勉強までできるわけですから、お礼を言いたかったんですけど……。今は、ということは、いつかは教えてもらえるのでしょうか？」

「そうですね。時期が来れば」

そう遠くない未来ですよ、とつぶやくように登月は言った。

菊花を登月に推薦してくれた人が誰なのか、彼女には見当もつかない。

だって菊花は天涯孤独の身。

特別親しくしていた人なんて思いつかないし、あえて挙げるなら、蛇のハクになる。

(でも、ハクが推薦できるわけがないし……。そもそもハクとはもう何年も会っていない。またいつかどこかで会えたらいいのだけれど)

白銀に金を混ぜたような神々しい鱗《うろこ》を思い出して、菊花は懐しむように胸に手を当てたのだった。

その後も、珠瑛と取り巻き三人娘による嫌がらせは続いた。

物を隠す、物を捨てる、菊花をどこかに閉じ込める。

そんなことは日常茶飯事だ。

（よくもまぁ、いろいろ思いつくわね）

最初こそイライラしたりモヤモヤしたりしていた菊花だが、一周回って尊敬してしまいそうになってきた。

部屋を荒らされるのも、そろそろ日常になりそうだ。

残念ながら貧乏暮らしが長い菊花は、彼女たちのように荷物が多くないので、そろそろできることがなくなるかもしれないけれど。

（こんなことをする暇があるなら、少しでも勉強すればいいのに）

しかし、菊花は知っていた。

ここ最近、彼女たちはとある宦官に興味津々であることを。

暇さえあれば呼びつけて、無理難題をふっかけている。

宦官の名は、柚安《ゆあん》。

菊花と同じ金の髪を持ち、秋の空のような澄んだ青色の目をした若い宦官である。

ほんの少し彼のほうが細身ではあるが、なんとなく菊花に似ていた。

散々嫌がらせをしても菊花に堪える様子がないからだろうか。

菊花に似た柚安を身代わりにして、彼女たちは憂さ晴らしをしているのだ。

「ほんと、ごめんなさいねぇ」

「いいえ、これが僕の役目ですから」

ハハハと乾いた笑みを浮かべて、柚安は重いため息を吐いた。

水浸しの廊下を前にして、丸めた背中に哀愁が漂っている。

実のところ、柚安は珠瑛たちに目をつけられたわけではない。

月派に属する彼は登月の指示により、珠瑛たちに目をつけられるよう自ら仕向けているのである。

その目的は、菊花を珠瑛たちから守るため。

彼女がより良い後宮生活を送れるようにすることが、登月の、ひいては菊花を推薦したある者の願いなのだ。

珠瑛たちがいなくなるのを待って、菊花は彼の肩をポンポンと叩いた。

「菊花様」

「いつもごめんね」

「お気遣いくださり、ありがとうございます。でもこれが、僕の役目ですから。それより菊花様。最近、嫌がらせは減りましたか?」

「うん、減った。厠《かわや》に閉じ込められることはまだあるけど、窓から脱出できるからそこは問題

なし。物がなくなる回数も、かなり減った気がする。柚安のおかげだよ、ありがとう……って
いうのもおかしいかな？」

「いいえ。それなら良かったです」

柚安はいつも、ふにゃりと締まりのない顔で笑う。

まるで無邪気な子犬のようで、菊花はかわいいと毎度のように思っていた。

（癒やされるぅぅ）

柚安からは、戌の国で言う癒やしの風《マイナスイオン》が出ているに違いない。

習ったばかりの言葉を思い出して、菊花は納得したように一人うなずいた。

「ところで菊花様。まもなく宮女候補の選別があるのはご存じですか？」

「選別？　なにそれ」

「正式に宮女が決まるまで、月に数人ずつ後宮から追い出されるのです。菊花様は勉強熱心でいらっしゃるので大丈夫かと思いますが、決まり事だけは決して破らないように気をつけてくださいね」

小指同士を絡ませて「約束するわ」と指切りをしたのは、つい最近のことだったのに――。

「――そうよ。私はあの時、柚安と約束したの。必ずや決まり事を守り抜くと。なのに、どうして……どうして私は落陽様について来てしまったの！」

あんなに動揺する落陽を見たことがなくて、ついうっかり。

そんな言い訳、通用するわけがない。

落陽はきっと「はて、なんのことやら」とシラを切るだろうし、さすがの登月も菊花をかばいきれまい。

「もう、おしまいだわ」

近くで「……は？」と不機嫌な声がしたが、絶望に打ちひしがれる菊花は気づかない。

これでもう、終わりだ。

菊花は決まり事を破った罰として、後宮を追い出されるに違いない。

追い出されるだけならまだ良い。

もしかしたら、皇帝以外の男と同衾《どうきん》した罪で処刑される可能性すらある。

「死ぬのはいや、死ぬのはいやぁ」

「おい」

「ひゃあっ！」

唐突に耳元でささやかれ、菊花はすっとんきょうな声を上げた。

とっさに跳ね起きようとした体は、男の手足によって強く拘束されている。

「夜明けまではまだあるだろう。もう少し寝かせろ」

男はあくび混じりにそう言うと、寝心地を整えるように菊花を抱き直す。

なかなか丁度良い塩梅にならないのかしばらくモゾモゾとしていたが、最終的には菊花の両胸の間に頭を落ち着かせた。

「なっなっなっ！」

（なんてとこに寝てるのよぉぉぉぉ！）

菊花の言葉にならない叫びに、男は喉を鳴らして笑う。

「良い肉だ。あたたかくて気持ちが良い」

またしても肉と言われ、菊花はムッとした。

言い返そうと口を開いたが、文句を言う前に男の手が出る。

むにゅん。

菊花の豊かな二の腕が男の白くて長い指で掴まれた。

感触を確かめるように数回揉みしだかれ、菊花は沈黙する。

「っっ！」

（頑張って思い出そうとしてみたけど、こうなった理由なんてさっぱり分からない！　なんで⁉　どうして⁉　誰か教えてよぉぉぉ！）

内なる菊花が混乱している。

長々とした回想は意味がなかったようだ。

とはいえ、全くの無意味というわけでもない。

回想でもしていなければ、菊花は意識を保っていられなかった。

目の前の男の信じられないような美しさに、昇天しかねなかったのである。

白銀に金を少しだけ混ぜたような色合いの、絹糸のようにサラサラとした長い髪。色が抜けてしまったように白い滑らかな肌。眠そうにとろりとしている、林檎飴のような深紅の目。

眉があって目があって、鼻があって口がある。

菊花と同じ人間であるはずなのに、どうやったらそうなるのだと不思議になるくらい、男の顔は整っていた。

もしや、今度こそ神仙の類《たぐ》いか。

人外であるというならば納得の美しさである。

抱きしめられていなかったら、手を合わせて拝みたいくらいだった。

(色だけなら、ハクに似ているけれど……)

白銀に金が混ざった鱗に、真っ赤な目。

寒い日は、菊花に絡みついて暖を取っていた。

全身を使って菊花に絡みつく姿は、この男と似ていなくもない。

(まぁハクは蛇で、この人は人間なのだけれどね)

なぜかしらと首をかしげる菊花の無防備な首筋に男が鼻先を寄せ、すぅっと呼吸をすると、菊花は慌てて手で防御した。

「ぴゃぁぁぁぁ！」

「ぴゃあ、って。一体なんの鳴き真似だ？」

微かに吐息を感じた首筋が熱い。

きっと、首だけではなくて、顔も真っ赤になっているだろう。

だって、すごく恥ずかしい。

「どれ。面白いからもう一度鳴かせて確かめてみるとしよう」

そう言ってもう一度鼻を寄せようとする男に、菊花は慌てて首をすくめた。

「おい、肉。それではにおいを嗅げないではないか」

「嗅がないでください！　それと！　私には菊花という名前があるんです。肉って呼ばないでください！」

「そうか。では、菊花。私のことは香樹と呼べ」

「コウジュ……香樹って……えっ!?」

菊花は勢いのまま、香樹と名乗った男を見た。

じっと見上げてくる真っ赤な目と、視線が絡む。

先ほどまでとろりとしていた赤い目は、もうすっかりさえてしまったのか、涼やかに菊花を見ていた。

巳の国で、香樹という名を持つ者はただ一人。

「白……香樹……」

「いかにも」

そうかも、と思わなかったわけではない。

いや、そうであってほしいと願ってすらいた。

だけれどまさか、会えるなんて思ってもみなかったのだ。

蛇香帝、白香樹。

現皇帝であるその人が、目の前にいる。

今すぐにでも、ひれ伏すべきだろう。

だって相手は皇帝陛下だ。

菊花ごときが対面できるような御方ではない。

見ることさえ、恐れ多いのに。

しかし、それは叶わない。菊花の体は香樹に抱きつかれたままだからだ。

急いで視線を下げる菊花に、香樹は薄い唇をへの字に曲げて拗ねたように言った。

「む。私を誰だと思っていたのだ？」

「てっきり、落陽様の罠かと。皇帝陛下以外の男と同衾させて、その罪で私を陥れようとしているんじゃないかと思って……」

だって、誰が予想できただろう。

菊花を推薦してくれた登月を好敵手と認識している落陽が、わざわざ密室に呼び出して皇帝陛下と二人きりにするなんて。

年頃の男女が密室で一晩、二人きり。なにもないわけがない。

(普通に考えたら、珠瑛様と二人きりにするものでしょう？　既成事実があれば、正妃確定だもの)

「ふむ。落陽にはそのような大それた真似、できまい」

「そうなんですか？……あ、いえ、そうなのですか？」

今更ながら口調を改める菊花に、香樹は不満げに「む」とつぶやいた。

だが、それも一瞬のこと。すぐさま意地悪そうに目を眇《すが》めた香樹は、長い指で菊花の顎をくすぐりながらニタリと笑んだ。

「言い直さなくても良い。私とおまえの仲ではないか」

妙に色気のあるしぐさだった。

指先で顎を撫でられているだけ。

それだけなのに、菊花の背筋をゾクゾクとしたものが這い上がってくる。

「いえ、そういうわけには……」

そろりと視線を逸らしながら、菊花は思う。

(ど、どんな仲だっていうの⁉　だって私はただの田舎娘で、単なる宮女候補でしかなくって、たぶん宮女になんてなれないし、できるだけ長く後宮に残って可能な限り知識を得られたら、それだけでいいと思って……って違う！　そうじゃなくって！　皇帝陛下と宮女候補の仲って、どういうやつなのよぉぉぉ！）

またしても、内なる菊花が暴走している。

少なくとも「香樹」と呼んで良い仲ではないのはたしかだ。

しどろもどろで言い返す菊花に、香樹は楽しそうに微笑む。

混乱して頭がめちゃくちゃになっている彼女が、見ていて面白いらしい。

「私は菊花がいなければ死んでいたかもしれない身だ。つまり、おまえは私の恩人。かしこまる必要はないから、いつもの調子で話してくれ」

「え？　私、陛下をお助けしたことなんてありませんよ？」

「いいや。散々世話になったぞ。おまえは私をハクと呼び、四六時中一緒にいたではないか」

「……はい？」

「というわけだから、菊花。あの時のように、私をあたためておくれ」

知らしめるように、香樹の腕が、足が、菊花の体にまとわりついてくる。

それはまさに、蛇に絡みつかれているようで――。

「本当に、ハクなの……？」

「なんなら、私しか知らない菊花の秘密を教えてやろうか？」

耳に注がれた秘密の話。
それはたしかに、ハクしか知らないものだった。

第二章

提言が呼び寄せるもの

仮面越しの勇気

「橙《じょう》先生。今、よろしいでしょうか?」

「ええ、大丈夫ですよ。今日の質問はなんですか?」

空き時間には寄り集まってキャッキャとおしゃべりに花を咲かせる宮女候補たちを尻目に、菊花はせっせと勉強に励んだ。

分からないところがあれば、授業が終わり次第、教官のもとへすっ飛んでいく。

「先ほどの授業でおっしゃっていた、蛇綾帝《じゃりょうてい》の偉業についてなのですが……」

「菊花さんは、なにが気になったのでしょう?」

「はい! 先生は蛇綾帝は雨乞いによって蝗害《こうがい》を終息させたとおっしゃっていましたが、どうしても納得がいかなくて……」

先生を呼び止めて質問攻めにする菊花の姿は、最初こそ「点数稼ぎの媚びへつらいだ」と言われたが、聞こえてくる突っ込んだ質問の内容に、宮女候補たちも彼女の本気を知ったようだ。

授業後に先生を追いかけていく菊花の姿は、だんだんと当たり前の風景になっていった。

おかげで、どの教科の教官からも菊花の評判は上々だ。

まだまだ珠瑛に張り合えるとは言えないが、このままいけば、家柄と美貌は無理でも教養くらいは勝てるかもしれない。

それはつまり、妃は無理でも宮女として後宮に残るに値する人物だと思われている、ということに他ならなかった。

各方面の有識者たちにそう思わせるものが、菊花にはあるのだ。

授業が終わり、食事や湯浴みなど一通りのことを済ませたあとは自由時間になる。

部屋に戻った菊花がお茶の準備をしていると、扉を叩く音がした。

「いらっしゃい。どうぞ、入って」

「お邪魔します」

香樹からの呼び出しがない夜は、柚安を招いて部屋でお茶を飲む。

二人はすっかり茶飲み友達になっていた。

『大変だったね』

『頑張ったね』

『また明日もよろしくね』

『ええ、互いに乗りきりましょう』

今日あったことをそれぞれ語り合い、いたわり合って、明日の糧にするのである。

「――しかし、菊花様は皇帝陛下からあたため係に任命されたのでしょう？　それって、珠瑛様やその他の方より一歩リード……先陣を切っている状況だと思うのです」

「でも、落陽様が言っていたわよ。私が選ばれたわけじゃないって。それってたぶん、正妃に選ばれたわけじゃないってことよね？」

「悔し紛れに言っただけでは？　だって、あの皇帝陛下が菊花様をご指名されているのですよ？　それって、とてもすごいことだと思うのです」

柚安の青い目がキラキラと輝くような視線を菊花に向ける。

まるで、憧れの人を見るような目だ。

残念ながら、その視線の先にいるのは菊花なのだけれど。

「うーん……すごいというか……。たぶん、慣れ親しんだ布団って意味だと思うわよ？」

皇帝陛下のあたため係に任命されて、ふた月が経とうとしている。

長い時で一週間、短い時で数日置きに菊花は香樹の寝所《しんじょ》へ呼ばれた。

菊花が落陽のことを告げ口したせいなのかどうかは分からないが、あれ以来、彼女を呼びに来るのは月派の宦官ばかりだ。

おかげで嫌みを言われることがないのは助かっている。

皇帝陛下のあたため係。言葉だけなら、随分と色っぽい。

だがしかし、その実態は菊花を抱き枕にして「肉」と呼び、おなかや二の腕をつままれているだけだ。むにゅむにゅもにゅんと、遠慮なく。

色気もなにもない。

『この肉……癒やされる』

『肉ではありません。菊花とお呼びくださいませ！』

『そうか。では言い直そう。この菊花……癒やされる』

肉を菊花に言い換えただけ。

あまりの扱いの雑さに、菊花は無礼にもプンスカと怒ったが、香樹はクックと喉で笑うだけだった。

どう考えたって、菊花のことは抱き枕かペットくらいにしか思っていない。

結婚相手だと、女性だと認識していないからこそ、菊花が皇帝陛下に対する礼を欠いてもなにも言わないのだ。

(これのどこが先陣を切っている状況なのかしら？)

正妃候補なんて、夢のまた夢である。

もっとも、菊花にそのような大それた夢はないけれど。

香樹が香樹なら、菊花も菊花である。

絶世の美女ならぬ絶世の美男子に抱きつかれて、なんとも思わないわけではない。

だが、美人は三日で飽きるという言葉があるように、何度も繰り返せば慣れてくる。

しかも香樹の正体が親友のハクだと早々に教えられては、男性として意識するもなにもない。

(だって、ハクは家族みたいなものだもの)

絶世の美男子に抱きつかれ、おなかを撫で回されて困惑したのは最初だけ。

数回もされれば諦めもつき、今ではされるがままにおなかや腕を差し出し、抱きつかれたままグーグーと平気で眠れるようになった。

(自分の神経の図太さに感服するわ)

そういえば、身体検査の時もそうだった――と菊花がうなずいていると、廊下の向こうからパタパタと駆けて来る足音が聞こえてきた。

のんきに茶をすすりながら他人事のようになんだろうと思っていると、足音は菊花の部屋の前で止まる。

「んん?」

宮女候補たちは仲の良い者同士で部屋を行き来しているようだが、菊花の部屋に来ることはまずない。

この部屋に来るのは、嫌がらせをする珠瑛と取り巻き三人娘、あとは登月や柚安を始めとする月派の宦官だけである。

「何事かしらねぇ……?」

のんきな声を出す菊花のうしろで、バンと扉が乱雑に開かれる。

え、と振り向くと、廊下に宦官が数人、息を切らせて立っていた。

「菊花様。なにとぞ、なにとぞ、お助けくださいませ!」

「えぇっ？」

驚く菊花の前で、数人の宦官が「お願いいたします！」とひれ伏した。

◇◇◇◇

「誰だ、このような献策をしたのは？　無能にもほどがある。民のことを考えろと私は言ったはずだが？　たったそれだけのこともできないのなら今すぐ出て行け。文句があるのなら、噛み殺してやる」

シャアァア！

足元にいた細く長い蛇が、その言葉に呼応するように大きな口を開けて威嚇する。

鋭い牙がギラリと光り、気の弱そうな文官が「ヒィッ」と悲鳴を上げた。

蛇香帝の凍てつくような氷の視線が、玉座より数段下にある広間を睥睨《へいげい》する。

その様子を仮面越しに見ながら、菊花は震える手を握りしめた。

（こ、怖すぎる！）

菊花の部屋に数人の宦官がやって来たのは、半刻前のことである。

毎夜の楽しみである柚安とのお茶会の最中、突如として駆け込んできた月派の宦官たち。

彼らは菊花を見るなり、ひれ伏した。

「助けてください、菊花様！」

「これ以上あの御方の機嫌を損ねたら、一体何人の犠牲が出るか！」

「陛下はお疲れなのです」

「ここはぜひ、あたため係である菊花様がお慰めしてくださいませ！」

あたため係。

慰め。

どうやらこの宦官たちも、あらぬ勘繰りをしているようである。

（おおかた、膝枕とかしてキャッキャウフフしている図とか想像しているんだろうなぁ）

色っぽい名称だが、そんな要素は一切ない。

菊花の役目は至って単純。寒がりな香樹をその名の通り、ただあたためるだけなのだ。

（癒やすなんて、とてもとても……いや、おなかと腕の肉に癒やされると言っていたから、それのことかも？）

犠牲者が出るなんて尋常じゃない。

いつも気怠《けだる》そうに——否、眠そうにしている香樹しか知らない菊花には、当たり散らすような彼を思い浮かべることができなかった。

（犠牲って言っても、あれですよね？　ちょっと八つ当たりされるとか、そういうのでしょ？）

人外めいた美貌を持つ男だが、皇帝陛下とて人である。

当然、機嫌の悪い日だってあるだろう。

「あのぅ、陛下はどうしてそんなに機嫌が悪いのですか？」

宦官たちの異様な雰囲気に、柚安がおずおずと問いかける。

柚安の問いに、宦官たちは壊れたおもちゃのようにガクガクと首を振りながら、震える声で答えた。

「ここ最近、雨が続いているせいで肌寒い日が続いているでしょう？」

「雨は田畑の恵みですが、陛下にとっては厄介なものなのです」

「蛇神様を祖とする皇帝陛下は、体温調節がままなりません。ですから、冬と長雨の時季は機嫌が悪くなる」

「寒いとどうしても睡魔が襲ってくるらしく……問答無用で襲ってくる眠気と戦いながらの執務は、陛下をどうしようもなく苛つかせるのです」

今日は既に三人の文官が医務室に運ばれているのだと、宦官たちは涙した。

（文官が医務室に運ばれる？　よほど気が弱い方なのかしら？）

田舎にいた頃、菊花にとって皇帝陛下は神仙のような存在だった。

雲の上の、さらに上。

皇帝の八つ当たりともなれば、神罰を受けたくらいの衝撃なのかもしれない。

「えっと……そんなに機嫌が悪いのに、私なんかで機嫌が良くなると思えないのですが？」

香樹が菊花の言うことを聞くとは到底思えない。

いつだって彼は、菊花を好きにしているのだから。

なんとも言えない微妙な表情で菊花が言うと、宦官たちは涙ながらに訴えた。

「そんなことはありません！　陛下は我々におっしゃいました、あたため係を持ってこいと！」

あたため係という字の裏に、肉という字が透けて見えるのは気のせいだろうか。

（いや、気のせいじゃないわね。だって、連れて来いじゃなくて持って来いだもの）

そう思いはしたが、菊花は皇帝陛下自らが任命したあたため係である。

ご本人からのお呼びとあらば、行かないわけにはいかない。

菊花は諦めのため息を吐くと、立ち上がった。

「分かりました。それで、どちらへ伺えばよろしいのでしょうか？」

「ああ、菊花様！　ありがとうございます！　それでは準備がございますので、少々失礼いたします」

そうして宦官たちに取り囲まれた菊花は、身なりを整えられた。

体形をごまかすための羽織り物をまとい、顔を隠すための仮面をつける。

菊花を見て、宦官たちは満足そうにうなずき合った。

そして、宦官たちはどう見ても不審な女である菊花をいそいそと案内する。

そうして連れて行かれた先が——香樹の膝の上だったのだ。

仮面越しに見た広間には、菊花が見たこともないような数の、位の高そうな雰囲気の大人たちがひれ伏している。

誰も彼もが、香樹の怒りを買うまいと必死な様子だ。

ある者はチラチラと周囲の様子を窺《うかが》い、またある者は我関せずと視線を逸らす。

ピリピリとした張り詰めた空気が漂っていた。

うかつなことを言えば、噛み殺される。文字通りに。

皇帝陛下の足元に侍《はべ》る蛇は、死刑執行人ならぬ死刑執行蛇なのだ。

菊花が広間からヒソヒソと聞こえる小声を拾ったところ、「ひと噛みであの世行き」だそうだ。

恐ろしいことである。

(八つ当たりとかいうレベルじゃない。医務室に運ばれた文官は、冗談抜きで蛇の毒にやられたのだわ)

先ほど悲鳴を上げた文官は、見ている菊花でさえかわいそうになるくらい震え上がって今にも泡を吹きそうなありさまだ。

(もしかして、あの文官さんの案なのかしら？　かわいそうだけれど、本気で考えてこの案を出したのだとしたら、ちょっと現実的ではないわね)

今、ここで話し合われていること。

それは、巳の国の南、辰の国にほど近い正澄《せいちょう》という地域についてだ。

なんでもここ最近、大量の虫が発生して田畑を荒らしているのだとか。

(蝗害……つまり、飛蝗《バッタ》の大量発生による災害のことね)

蝗害は天災の一つに数えられている。

そして、天災とは皇帝の不徳によるものだと民たちは信じていた。

だが菊花は、女大学で学んで知っている。

蝗害は天災かもしれないが、皇帝の不徳とはなんら関係ないことを。

(そう。だから、国中から貢ぎ物を集めて皇帝陛下に捧げるっていう策は、全く意味がない)

皇帝の不徳なんてないと天に知らしめるために、国中から貢ぎ物を集める。

貢ぎ物があるということは、国が豊かなしるし。

ゆえに、皇帝陛下に不徳など一切ない——というのが、恐怖に震える文官が出した策のようだ。

(若そうに見えるのに、昔の人みたいな策を考えるのね)

蝗害で農作物が収穫できないというのに、そんな中で貢ぎ物を要求すればどうなるのか。

当然、民は不満を持つに決まっている。

そして、蝗害は皇帝の不徳のせいだと反乱を起こすかもしれない。

本来文官は恐ろしく難しい試験を突破してそこにいるはずなのだが、あの文官はどうしてそんな意味のない策を提出したのだろうか。

香樹が怒るのも当然である。菊花でさえ分かることが、あの文官には分からないのだから。

(でも、私も女大学で学んでいなかったら、きっと皇帝陛下のせいだって思っていたわ)

勉強していて良かったと、菊花は心底思った。

そして、蝗害について教えてくれた橙先生に心の中で手を合わせながら、「ありがとうございます」と感謝した。


本当に、たまたまだった。

女大学で『歴代皇帝たちの偉業』の勉強をした時、授業で疑問に思ったことがあった。

ある年のこと。

大きな川の沿岸を台風が直撃し、未曽有《みぞう》の大洪水が起こった。

川と川が合流するあたりで膨大な樹木が流失した結果、土が露出し、イネ科の植物が生い茂る草原ができた。

さらにそのあと数年間、好天が続き——飛蝗の大繁殖に適した環境ができ上がったのである。

(でもたしか、長雨によって繁殖が失敗して蝗害が終息したのよね？)

その当時の皇帝は雨乞いでもって蝗害を終息させたと書いてあった。

だがそれは、現実的とは言い難い。

だから菊花は、授業が終わったあとに橙先生を呼び止め聞いたのだ。

「本当に雨乞いで終息させることができるのですか？」

「そうですね……この本にはそう書いてありますが、私個人としては現実的ではないと思っています」

「と言いますと？」

「あくまで、私個人の意見ですが……飛蝗が大量発生した草原を焼き払ったのではないかと思うのです。大規模な野焼きによって雲が発生し、それによって雨が降ったのではないかと……。まぁ、確かめる術はありませんし、想像する他ないのですがね」

橙先生の話は実に興味深かった。

飛蝗の卵には殺虫剤が効きづらいことや、駆除するなら幼虫のうちが良いことも教えてくれたのだ。

(今回は雨乞いをするまでもなく雨が続いているから、放っておいても終息するかもしれない。けれど、より確実にやるのなら卵と幼虫の駆除が必要よね。被災地への金銭的な補助の意味合いも兼ねて、飛蝗の卵と幼虫、成虫を買い取る制度を作るっていうのはどうかしら……？)

菊花は、山で採集したものを買い取ってもらって生活していた。

同じように、正澄の民に飛蝗を採ってもらって国が買い取れば、民は金銭が手に入り、皇帝のことを恨んだりしないのではないか。

菊花は思いついた案がなかなか名案のように思えた。
広間では相変わらず、位の高そうな大人たちがビクビクおどおどしている。
意見しようという気概のありそうな者は見当たらなかった。
（うーん。どうにかして香樹に伝えられないかしら？）
そうでなくとも、菊花は注目されている。
氷のように冷ややかな殺気を放つ男の膝の上に乗せられた、謎の仮面の女。
気になって当然だ。
同じ立場だったら、菊花だって気になる。
香樹自らが「気にするな」と言っても、気になるのが人というものだろう。
とはいえ、こんな状況で挙手して意見するなんて、とてもではないが無理である。
菊花の図太い神経をもってしてだって無理すぎる。
「おい、これはどういうことだ？」
悩んでいた菊花の耳に、香樹の冷たい声が届く。
自分に向けられたものでないことは分かっていても、思わず身がすくんだ。
（いつもと同一人物とは思えない豹変ぶりね）
ビリビリと場を震わせるその声は、まるで雷のようだった。
「今度はおまえが噛み殺されるか？」

ぞんざいに机の上へ投げ出された書簡になにが書かれているのかまでは読めない。
しかし、これだけは分かる。
香樹が視線を向けている相手は、彼の不興を買ったのだ。
足元でとぐろを巻いていた蛇が、しゅるりと動き出す。
ゆっくりとした動きは、わざといたぶっているようにも思えた。
「ひぃぃぃぃ！　お許しください、お許しください！」
近づいてくる蛇に、ひれ伏していた男は床に額を擦りつけて命乞いを始めた。
そんな男の両腕を屈強な武官が掴み上げる。
「死にたくない、死にたくない！　いやだぁぁ！」
ジタバタと暴れる男を武官が抱え直す。
蛇の牙は、すぐそこまで迫っていた。
（いやだ）
愚策を出したのは良くないことだと思う。
しかし、だからといって命を奪うほどのことだろうか。
女が政治に口を出すことは、いけないこと。
皇帝陛下からどんなに寵愛されようと、してはいけないことだと習った。
（だけど、放っておけない！）

菊花は、しゃんと背を伸ばして挙手をした。

「あのぅ、ちょっと、よろしいでしょうか……？」

菊花の声に、広間は時間が止まったように静かになった。

空気が変わったことを察したのか、蛇も鎌首をもたげたまま止まっている。

ひそり。

どこからともなく声がする。

「声を発したぞ」

「蛇香帝の刑執行を止めたぞ」

蛇香帝の刑執行を邪魔するなど、前代未聞のことである。

そんなことをすれば、刑執行よりも前に自分の命が消されるからだ。

広間中から菊花に視線が集まる。

緊張に、喉が震えた。

「なんだ？」

香樹は静かな声で問いかけた。怒りもなく、ただ冷静に。

そして、なんだのあとに菊花にだけ聞こえる小さな声で「菊花」と呼びかける。

（ずるいよ。こういう時ばっかり、ちゃんと呼んで）

いつもだったら「私の肉」だろうに。

常とは違う香樹の呼びかけに、菊花は少しだけ緊張が和らいだ気がした。

「こういうのは、いかがでしょうか？」

声が、震える。

思いついた案に自信はあるけれど、本当に大丈夫だろうかと一抹の不安が過《よぎ》った。

勇気づけるように、菊花の腰に回っていた香樹の手に力がこもる。

菊花はすぅっと深呼吸をすると、口を開いた。

「大量発生した飛蝗の卵、幼虫、成虫を、正澄の民たちに採集させるのです。採集されたものは国が買い取り、処分する。そうすれば被害は食い止められますし、被災地への金銭的な補助もできます」

鼠を見つけた猫のようにスウッと眇められた赤い目が、面白そうに菊花を見つめる。

「殺虫剤をまいて殺せば良いだけでは？」

「飛蝗の卵は殺虫剤が効きづらいのです。地味ですが、確実に採集したほうが結果的には良いかと」

「なるほど。おい、飛蝗に詳しい学者を呼べ。それから、補助金についても検討したいからその関連の者もな」

香樹はそう言い放つと、急に立ち上がった。

膝に乗せられていた菊花は転がり落ちると思って目をつぶったが、一向に衝撃は訪れない。

そろりと薄く目を開けてみれば、ニンマリと人の悪そうな笑みを浮かべた香樹が見下ろしていた。

からかわれている。

だが、それ以上に菊花は驚いていた。

(抱っこされてる！　しかもこれは……宮女候補たちが憧れと言っていた、お姫様抱っこというものでは⁉)

目を白黒させる菊花に、香樹は楽しそうだ。

鼻歌でも歌いそうなくらい上機嫌。

だがそれも一瞬のことで、すぐに冷たい表情に取って代わる。

冷徹な目で広間を睥睨した香樹は、武官に目で合図した。

「おい、そいつを連れて行け」

「はっ！」

武官たちが男を引きずるようにして、連行していく。

よほど怖かったのだろう。

綺麗な身なりのその男は、泡を吹いて気絶していた。

うわさの発端

仮面の女のうわさは、またたく間に広がっていった。

当然のことだろう。

時として重臣たちの言葉さえ聞こうとしない蛇香帝が、膝に乗せた仮面の女の制止を無血で受け入れ、さらに彼女の進言まで聞き入れたのだから。

宮城の中は、仮面の女のうわさで持ちきりである。


曰く、仮面からわずかに見えた目は理知的な光を宿していた、とか。

曰く、すっと挙げられた腕は白くしなやかであった、とか。

曰く、陛下自らが抱き上げるくらい大切にされている、とか。


最初は当たり障りのないうわさだったのに、尾鰭《おひれ》をつけて泳ぎすぎた結果、うわさ話に疎い菊花のもとにまで聞こえるようになる頃には、すっかり本人とはかけ離れた絶世の美女ということになっていた。

時同じくして、皇帝陛下には『あたため係』という存在がいるらしいといううわさも流れ始めた。

皇帝陛下の寵愛を一身に受ける美女。

聡明で、博識で、それでいて慈悲深き御心を持っている。

そのあたため係こそが仮面の女であり、真の正妃候補なのではないか——そんなうわさが、まことしやかにささやかれていた。

「珠瑛様は菊花様があたため係だと気づいていないようですね。僕や菊花様への嫌がらせの回数を増やすことで、なんとか溜飲《りゅういん》を下げているようです。この前なんて、キィィィッて悔しそうにうなっていましたよ」

いつものように柚安を招いたお茶会。

今夜は珍しく、登月も参加している。

一人用の小さな部屋に、男二人と菊花はなかなかに狭い。

「知っていたら物を隠したり捨てたりする程度では済まなかっただろう。最悪、毒殺も考えかねない」

クピクピと、まるで酒でも飲むように茶を飲む登月は、それまで上機嫌だった顔を嫌そうにしかめてそう言った。

「そこまでします？」

つい先日、蛇の毒牙にかかりそうになった男を思い出して、菊花も顔をしかめた。

できれば、毒殺は勘弁願いたい。

菊花の顔には、ありありとそう書かれている。

「ああ。彼女は国母となるために、黄家で結構えげつない教育をされてきたようだ。ただのわがまま娘だと侮らないほうがいい」

「でしたら、未来の正妃様候補である菊花様は、毒の耐性もつけておいたほうがよろしいかもしれませんね」

どうしましょうかと登月に問いかける柚安に、菊花は「いらないよ」と笑った。

「私は正妃どころか宮女になれるかも怪しいもの。だって、見て？　うわさのあたため係と正反対。きっと陛下だって、そんなつもりないわ」

登月は否定するつもりも肯定するつもりもないのか、素知らぬ顔で茶を飲んでいる。

そんな彼の茶碗に次の茶を注ぎ入れながら、柚安は「そういえば」とつぶやいた。

「事情をご存じのはずの落陽様は、せっせと『皇帝陛下のあたため係は、黄珠瑛かもしれない』と、うわさの上塗りをしているみたいですよ？」

「ああ、知っている。だが、うまくいっていないようだな」

クク、と登月が意味ありげに笑う。

どう考えたって、登月の仕業《しわざ》である。

菊花と柚安はそれを見て、二人で顔を見合わせて苦笑いを浮かべ合った。

（ご愁傷様です、落陽様）

菊花は心の中で、落陽に手を合わせた。

◇◇◇◇

真夜中のことである。

登月と柚安を見送った菊花は、明日の授業の予習をしてから寝台で眠りについたはずだった。

「んん……。あれ？」

ふと目覚めると、懐かしい藁《わら》のにおいが鼻についた。

藁の寝台は菊花が実家で使っていたものだ。

後宮では香が焚きしめられた高級な寝台を使っている。

（もしかして、今までのことは全て夢だったのかしら？）

登月に宮女候補として推薦してもらったことも、珍しい都の風景も、後宮も女大学も、全て。

それにしては随分長い夢だったなと思いつつ、菊花は伸びをしようと腕を上げた──つもりだったのだが。

「な、なんで？」

手も足も、動かない。

菊花は少し動くだけでギチギチと音が鳴るくらい、頑丈な紐で念入りに拘束されていた。

芋虫のような動きしかできない状態で、菊花は粗末な寝台に転がされているらしい。

どうにか抜け出せないかと頑張ってみたけれど、幾重《いくえ》にも巻かれた紐は、緩むどころかますます菊花の体に食い込んだ。

「いててて……一体、誰がこんなことを?」

見回してみても、知らない景色がそこにあるだけだ。

なんとか冷静になろうと頭を振って考えてみても、思い当たることなんて一つしかない。

そう、珠瑛である。

「これも嫌がらせの一環かしら」

今まで受けた仕打ちの中で、一番質《たち》が悪いかもしれない。

両手両足を拘束した上、外出禁止の時間に菊花を連れ去った。

(だとすれば、もうじき取り巻き三人娘が現れるかもしれないわ)

紅葉、氷霧、桜桃の三人は、珠瑛のためなら菊花を拘束するくらいのことは平気でしそうだ。

(きっと高笑いしながら私を馬鹿にするのでしょうね)

こんなことになっても起きないなんて、なんて寝汚《いぎたな》い人なのかしら、と。

その情景がありありと浮かぶようだと菊花は苦笑いを浮かべた——その時である。

部屋の隅の暗闇がより濃いところから音がする。

目を凝らしたその先に、人影のようなものが見えた。
凹凸《おうとつ》が少ないすっきりとした輪郭は、女のものではない。
（……一体、誰なの？）
珠瑛でも、取り巻き三人娘でもない。
印象的なでっぷりとした腹がないから、落陽でもない。
もっとよく見ようと体を捩《よじ》る菊花に、影は笑った。
「嫌がらせじゃありませんよ」
影が動く。
月明かりに照らされて、足先が見えた。
上等そうな革靴《ブーツ》だ。
「ふふ。俺です」
聞いた覚えのあるような、ないような声。
菊花は見定めるように、息を潜《ひそ》めて影をにらみつけた。
ゆっくりと月明かりの下に出てきたのは、一人の男。
黒い髪に、黒い目。巳の国ではありふれた色。
ニタニタと笑う顔には見覚えがある。
もっとも、菊花が最後に見た時は泡を吹いて失神していたのだけれど。

「覚えていらっしゃいますよね？　俺のこと」

忘れるわけがない。

名前は知らないが、菊花はその男を見知っている。だけど――。

「知らないわ」

あの場にいたのは、あくまで仮面の女。菊花が知っていていては、いけないのだ。

あわよくば人違いで帰してもらえないだろうかと思った菊花に、しかし男には確証があるようだった。勝ち誇った顔で、男は笑う。

「隠す必要はございません。命の恩人に恩返しをしたいと希《こいねが》ったら、親切な方が教えてくださったのですよ。仮面の女性は菊花様である……と」

鎌をかけているわけではなさそうだ。

菊花はごまかすことを諦め、渋々答えた。

「……覚えています。蝗害の件でしょう？」

「命の恩人と再会できて、嬉しいですよ。俺の名は、紫詠明《しえいめい》。菊花様、先日はどうもありがとうございました」

きざったらしく挨拶をしてきた男は、菊花が以前、香樹から助けた男だ。

仮面の女のうわさの発端となった件《くだん》の男である。

忘れようにも忘れられない、最悪な出会いだったと思う。

少なくとも菊花は、再会を喜ぶ気持ちは一切なかった。

逆の立場だったら、あの時のことを思い出して恥ずかしくて声もかけられない。

（貴族様の考えることは私には難しいわ）

菊花が田舎娘だから分からないのか、詠明が厚顔無恥《こうがんむち》なだけなのか。

だが、今はそれについて聞いている場合ではない。菊花には聞きたいことが山ほどあるのだから。

「ところで、その……ここはどこなのでしょうか？　どうして私は縛られているのですか？」

菊花の問いかけに、詠明はニタァと笑んだ。

なぜだかそれが菊花には唇が裂けたように見えて、思わずヒュッと息を呑む。

（ヒッ！　ば、化け物……！）

「菊花様。あなたのおかげで、俺は無事に生き存《なが》えております」

詠明は問いを無視した。

菊花は彼の態度から、自分が下に見られていることを悟る。

詠明は悦に入ったような恍惚《こうこつ》とした表情を浮かべ、菊花へ一歩近づいた。

「でもねぇ……それだけじゃあ、足りないのですよ」

猫撫で声で話しかけながら、詠明の目は昏《くら》く色づいていく。深く黒く、底のない穴のように。

「俺は、こんな地位におさまるべき男じゃない。もっともっと上へ行って、豪奢遊蕩《ごうしゃゆうとう》な暮らしをするべきなのです。そう思いませんか？　菊花様」

思わない、と出かかった言葉を飲み込んで、菊花はじりじりと後退しながら答えた。

「さぁ、どうでしょう？　私はあなたのことをよく知らないので」

縛られているせいで自由にならない体がもどかしい。

簡素な寝台の上なんて、逃げ場などないに等しかった。

菊花の背中は、あっという間に壁へくっついてしまう。

「おや、つれないことをおっしゃいますね。あなたは俺を、皇帝陛下から助けてくれたではありませんか」

「誰だって目の前で死なれるのは寝覚めが悪いでしょう？」

「そうですね。でも、あの場では誰も俺を助けようとはしてくれなかった。あなただけが、俺を助けてくれました」

（あぁ、そうね。感謝しているなら、今すぐこの縄を切って部屋に帰してもらいたいわ）

詠明は寝台のそばでひざまずくと、芋虫のように転がされている菊花を見つめた。

その目は黒色をしているはずなのに、菊花には汚泥《おでい》のように濁った色をしているように見える。

「だから、ね？」

詠明は媚びを売るように菊花の頬を撫でてきた。

恋人を慈しむようなしぐさだが、嫌悪感しか湧かない。

（なにが、だからね？よ）

ちっとも意味が分からない。

言葉の裏にある意味など、考えたくもなかった。

詠明は菊花が質問をしてもなに一つ答えてくれないし、好き勝手に捲《まく》し立ててくるだけ。

（これだから、貴族様は……）

これまで珠瑛たちにされてきた数々の嫌がらせも思い出し、菊花はだんだん腹が立ってきた。

（黙っていれば、なんなの？　好き勝手してくれちゃって。誘拐、監禁、その上、意味不明な演説……いくら私が庶民だといっても、やっていいことと悪いことがあるわ！）

少なくとも今の菊花は、ただの田舎娘ではない。

宮女候補の一人で、皇帝陛下のあたため係。

そんな菊花を好きにできる権利を有しているのは、皇帝陛下ただ一人なのである。

憤慨する菊花に、詠明は顔を奇妙に歪めながら、ささやいた。

「菊花様。どうか、あなたから皇帝陛下へお願いしてくれませんか？　紫詠明の地位をもっと上げるように、と」

その瞬間、菊花の頭の中でブチリと音がした——のだと思う。

「うるさぁぁぁい！」

詠明の言葉を遮るように、菊花は怒鳴った。

至近距離から大声を聞かされて、詠明は耳を押さえて飛びのく。

「っ！　庶民風情が。こっちが優しくしてやっているからって、調子に乗るなよ！」

月明かりに照らされた詠明の目は血走っていた。

その手には、ギラギラと光る小刀が握られている。

（あ、やっちゃった）

菊花は瞬時に青ざめたが、もう遅い。

瞳孔が開いた目が菊花を捉え、刀の餌食にしようと迫ってくる。

（香樹！）

脳裏に浮かぶのは、意地悪そうにクツクツと笑う香樹の顔。

それから、菊花のおなかの肉をつまんでは、眠そうにとろけた顔をしているところ。

白蛇の彼《ハク》とのほうが付き合いは長いのに、思い出すのはなぜだか人間の姿になった——香樹のほうだった。

「菊花様は賢明でいらっしゃるから、お分かりでしょう？　もしここで否と言えばどうなるかなんて、ねぇ？」

詠明の手に握られたものが、月光を浴びて不穏な光を反射する。

彼が持つ小刀は短いが、それでも菊花の命を終わらせるには十分な道具だ。

（死ぬ、の？　ここで？）

ギラギラと光る小刀から目が離せない。

（いつ刺されるの？　今すぐ？　それとも、もうちょっとしてから？　刺されたら痛いに決まっているけど、どれくらい痛いのかしら。ずっと痛いのはいやだな）

怖くて怖くて、たまらない。

こうなったら即死しかないと、菊花は覚悟を決める。

（ハク……いえ、香樹。どうやら私はここで終わりみたい。もう、あたためてあげられないわ。ごめんなさい）

菊花の中に、口添えするという選択肢は最初からなかった。

部下に恵まれていないらしい香樹の弱みを作るわけにはいかない。

そうでなくとも、今このような事態になっているのは菊花が余計な口出しをしたせいなのだから。

（死ぬのは怖い。お父さんにもお母さんにも申し訳ないと思う。だけど……！）

香樹の足を引っ張るくらいなら、潔く命を散らしてしまったほうが良い。

怯えた視線を凶器へ注ぐ菊花に、詠明は苛立たしげに舌打ちした。

脅しでは屈しないと悟ったのか、再び猫撫で声で菊花にささやいてくる。

「菊花様。ちょっと言ってくれるだけで良いのですよ。それだけで、良いのです」

「…………」

少し脅せば屈すると思っていたのだろう。

菊花が甘やかされて育った貴族令嬢だったならば、そうなっていたかもしれない。

だが詠明には残念なことに、菊花は肝の据わった田舎娘で、田舎娘なりの矜持《きょうじ》があった。

いつまで経っても承諾しない菊花に、詠明の怒りはますます募る。

(ああ、なんて男なのかしら。自分の力でのし上がれないからって、こんなことをしでかして)

「難しいことなんて、なにもないでしょう?」

なにを言っているのか。

菊花には難しいことばかりだ。

もう死ぬという時に、思い出すのが父でも母でもなく、ましてや白蛇のハクでもない。

たとえ中身がハクだとしても、思い出すのは最近出会ったばかりの美しい男だなんて、一体どういうことなのか。

(綺麗なものに、憧れでもあったのかしら?)

だんまりを決め込む菊花に、とうとう詠明が痺れを切らす。

小刀を振り下ろす音が、空気を揺らした——その刹那。

「よほど死に急いでいるようだな、紫詠明」

声が聞こえただけ。

ただそれだけなのに、言いようのない恐怖で体が震えてしまいそうになる。

無数の氷の刃《やいば》が突き刺さるような。

そんな錯覚を菊花は感じた。

自分を殺そうとしている者よりも、遥かに恐ろしい。

殺気を向けられている詠明に、菊花はつかの間、現実を忘れて同情しそうになった。

続いて聞こえてきたのは、地を這う音だ。

シュルシュル、シュルシュル。

無数のなにかが部屋に入り込んでくる音。

部屋のそこかしこから音は聞こえてきた。

シュルシュル、シュルシュル。

一体どれだけの数が入ってきているのか。

それはあっという間に床を埋め尽くし、それでも足りないというように、天井からも侵入してこようとしていた。

「ひっ、ギャアァアァ！　来るな、来るなぁぁぁ！」

暗闇の中、詠明は小刀を振り回した。恐怖のあまり錯乱してしまったらしい。

詠明は見当違いな場所に向かって小刀を振り回しながら、一目散に部屋の一角――出入り口らしい扉へと逃げていく。

頭は逃げることでいっぱいなのか、菊花にとどめを刺すことも忘れているようだ。

どこまでも抜けている詠明に、さすがという感想しか浮かばない。

もちろん、愚策を提出する愚かな文官への嫌みだ。褒め言葉ではない。

ガチャガチャガチャ！

詠明はご丁寧に内側から鍵までかけていたらしい。

「なんで鍵なんかっ」

自業自得なのに文句を言いながら、懐《ふところ》から取り出した鍵で解錠し始める。

その間も、それらは次々と部屋に侵入してきているようで、まるで足元に剣山があるかのように詠明は何度も飛び上がった。

「ひぃぃ！」

ガチャガチャガチャンッ！

詠明は悲鳴を上げながら、ようやくの思いで解錠する。

古い建物なのか、扉はギィィと錆びた音を立てて開いた。

扉の隙間から、月明かりが差し込む。

薄暗闇に慣れた菊花の目には、月明かりでさえまぶしく感じられた。

菊花は眉を寄せて、ぎゅっと目を細める。

開かれた扉の先で待っていたのは、見たこともないくらい巨大な蛇だった。

明るくなった室内の床では、小さな蛇がびっしりとうごめいている。

「うわぁぁぁぁ！」

外へ飛び出していった詠明を逃がすまいと、巨大な蛇が捕らえて素早く締め上げた。

ガタガタと震えながら、菊花はその光景をただ見ていることしかできない。

「菊花」

大蛇を見つめ続ける菊花の前に、一人の男がひざまずいた。

縛られたままの彼女をまじまじと見つめ、「焼豚《チャーシュー》のようだな」なんて失礼なことを言う。

たぶん、菊花の緊張を少しでも解《ほぐ》そうとして――だと思う。無表情が過ぎて、確信が持てないけれど。

「肉ではありません」

つい先ほどまで発していた殺気は鳴《な》りを潜め、今はただ静かに菊花を見ている。

感情が窺えない硝子《ガラス》玉のような目は、菊花をつぶさに観察しているようだった。

白銀の髪が月明かりに照らされて、金にも銀にも見える。

ところどころ乱れた髪が絡み合っていた。

寝起きだって乱れていないそれが、今乱れているのはどうしてなのか。

（必死になって、探してくれていた？）

皇帝陛下自ら、菊花のことを。

（私はそんなに大事にされていたの？）

皇帝陛下のあたため係。

ただ体温を分けるだけのこの役目に代わりなんて大勢いるはずだ。

それこそ、後宮には金を払ってでも志願する者がたくさんいるだろう。

（肉なんて呼ぶから。だから私は、てっきり……）

代用がきく存在に執着しないよう、わざとそう言っているのだと思っていた。

だが、実際はどうだ。

どんな危険があるかも分からないというのに、お供の一人もつけず、香樹は自ら助けに来た。

（幼馴染みだから、かしら？）

香樹は素早く菊花を縛り上げていた紐を切った。

自由になった手を伸ばし、菊花が最初にしたことは――香樹の乱れた髪を整えること。

「髪が、乱れてたよ」

「そうか。直ったか？」

「うん」

あるかなしかの笑みを浮かべ、香樹は静かに立ち上がった。

ささやかなその笑みは、菊花を安心させるのには十分で。

差し出された手に手を乗せれば、ゆっくりと引き寄せられる。

いつも冷たいはずの手が、今はとても熱かった。

たぶん、いやきっと、必死になって探してくれたのだろう。

（だって、汗ばんでいる）

菊花が思っているよりもずっと、あたため係は重要な役目なのかもしれない。

「さて。紫詠明、おまえをどうしてくれようか？」

菊花を隣に置きながら、香樹は大蛇に拘束されている詠明を見た。

その目に菊花へ向けていたようなあたたかさはなく、氷の刃のように鋭く冷たい。

「いやだ、いやだ、いやだ！　俺はこんなところで終わる男ではない！」

この期《ご》に及んでまだそんなことを言っている詠明に、香樹は呆れたようにため息を吐いた。

『黙れ。それ以上はしゃべることも許さん』

大蛇は、そう言うかのように詠明の喉を絞めていく。

（いや……言ったよね⁉）

菊花の耳や頭がおかしくなっていなければ、大蛇はたしかにそう言った。

（恐怖のあまり、幻聴が聞こえるようになっちゃったのかしら？）

死ぬかもしれない思いをしたのだ。混乱するのも無理はない——だが。

「まだ食ってはなりません。その男には聞きたいことがありますゆえ」

大蛇の声に、香樹は答えた。

『え、駄目？　わし、食べたいのじゃけれど』

鎌首をもたげて器用に小首をかしげる大蛇は、少しかわいく見えなくもない。

もともと菊花は蛇が大好きだからそう見えるだけで、一般的な感覚でいえば、かわいいどころか恐怖でしかないのだが。

「なりません。全部終わったら食べても良いですが」

『つまらんのぉ、つまらんのぉ。早うしてくれ』

「分かっております」

なにげない顔をして会話が成立している香樹と大蛇を、菊花は驚愕《きょうがく》の表情で何度も見た。

「は、え、え？　蛇が、しゃべってる？」

菊花の言葉に香樹は一瞬不思議そうな顔をして、それから満足げに表情を緩めた。

「そうか、おまえにも聞こえるか。さすが、私のに……菊花だな」

「聞こえるって、えぇ⁉　なに、どういうこと？」

『え、この娘、わしの言葉が分かるの？　良いのぉ、良いのぉ。これでようやく、おまえ以外とおしゃべりできるな』

詠明の体をミシミシ絞り上げながら、大蛇は上機嫌にそう言った。

（ひぃぃ！　死んじゃう、死んじゃうから手加減してあげて‼　ほら、もう降参って叩いていますよ！）

「父上。菊花は私のあたため係ですよ」

年甲斐もなくはしゃぐ親を呆れ顔で見ながら香樹は言った。

「え、父上って？」

『わしの話し相手も兼任させよう』

「ちょっ」

「仕方ありませんね。執務中に口出しをされるのが面倒になっていたところですし、許可してあげましょう」

「ねぇってば！」

『よしよし！　楽しみじゃ！』

「えぇぇ？」

菊花は当事者であるはずなのに、すっかり置いてきぼりだ。

一人と一匹は、配慮や遠慮という言葉など知らないみたいに、傍若無人な態度が様になっている。

「そういうわけだから、菊花。今日からおまえを、皇帝陛下のあたため係兼先帝の話し相手に任命する」

「はい、かしこまり……って、ええ!?　先帝って、前の皇帝陛下ってことですか!?」

「あぁ、肌寒くなってきたな」

先帝は崩御したはずでは、という菊花の声は華麗に無視される。

「父上、私は菊花を連れて帰ります。その男はまだ食べてはいけませんよ。間もなく武官が到着しますので、それまで捕まえておいてください」

『分かっておる。ではな、菊花。次は茶でも飲みながら話をしよう』

大蛇は別れを告げるようにピルピルと尻尾を揺らした。

菊花はといえば、香樹の小脇に抱えられて、寝所へとお持ち帰りされるところである。

「ちょっと、待って！　お願いだから説明！　説明してくださぁぁい！」

菊花の願いは、それから間もなく叶えられることになる。


ザァァァァ！

「わっぷ！」

ザァァァァ！

「んぶぅ！」

湯殿に張られたお湯に桶を突っ込み、掬った湯を容赦なく香樹は菊花にぶっかける。

その一連の動きに、躊躇《ためら》いなどみじんもない。

一刻も早く済ませなければ。

そんな焦りが見えるような、見えないような。

香樹に抱えられて一度は寝所へ行った菊花だったが、今は湯殿にいた。

なぜなのか。

菊花にはよく分からないが、香樹には立派な理由があるようだ。

それは、寝所で起こった。

菊花のことを抱き枕よろしく抱えた香樹は、彼女の首筋に鼻を寄せたところで顔をしかめた。

その表情は、猫が臭いものを嗅いでしまった時のような間抜けなものだったとのちに菊花は言う。

「おい、に……菊花」

「今、肉って言いかけましたよね？　いい加減、名前で呼んでくださいよ」

（何度お願いしても肉って言うんだから。いつになったら菊花って素直に呼んでくれるのかしら！）

あの時は呼んでくれたのに、と菊花がむくれていると、背後から不穏な空気が漂ってきた。

皇帝陛下を相手に口が過ぎたかと焦る菊花の耳に、香樹の低い声が「そんなことより」とささやく。

「私は今、非常に不愉快だ。どうしようもない衝動が身の内に渦巻いている」

「ぴゃっ」

物騒な言葉に菊花は震え上がった。

（や、ややややややっぱり、調子に乗りすぎ!?）

幼馴染みとはいえ、相手は皇帝陛下である。

さすがに礼を失する態度だったかと、菊花は慌てた。

怖いもの見たさで少しだけ背後を振り返ると、爛々《らんらん》とした赤い目と目が合う。

（ぴゃあぁぁぁぁ！）

人間離れした獰猛《どうもう》さを宿すその目は、菊花をじっと見ていた。

（目が、離せない）

見るんじゃなかったと後悔しても遅い。

一度目が合ってしまえば、もう逃げることなどできなかった。

「早急にそのにおいを消させろ」

言うなり香樹は起き上がり、菊花を抱え上げた。

香樹は細い体をしているのに、通常の女性よりも少しばかり重い菊花を軽々と持ち上げる。

「え？　におい？」

自分の言動のせいで香樹が怒ったと思っていた菊花は、彼の言葉にきょとんとした。

それからボッと火がつくように、頬が赤らむ。

「私……臭かった？」

菊花だって普段はそれほど意識していなくとも、女子なのである。

美人の、それも異性に臭いと言われたら気になるし、恥ずかしい。

あたため係として粗相がないよう、きちんと体は清潔にしているつもりだった。

毎日湯につかるなんて、後宮に来るまでなかった習慣である。

だから、以前よりも随分と身綺麗になっているはずなのだが、なにがいけなかったのだろう。

しょんぼりとした顔でうつむく菊花に、香樹は「そうではない」と苛立たしげに言った。

「おまえが臭いわけではない。おまえからあの男のにおいがする。頬を触られただろう？　臭くて敵わぬ。我慢ならないから、早急にそのにおいを洗い流したい」

どうやら菊花の頬に詠明のにおいが移っているらしい。

香樹はそれが気に入らないようだった。

（ああ、もしかして……）

菊花のにおいだけではないから、怒っているのだろうか。

（よく聞くわよね、赤ちゃんはお母さんのにおいに安心するって）

幼い頃から菊花の服の中で越冬《えっとう》していた香樹である。

慣れ親しんだ布団のにおいに別のにおいが混じっていたら、気になって眠れないのだろう。

（繊細ねぇ）

菊花は勝手に解釈した。

まさか香樹が、思いを寄せる菊花に他の男のにおいがついていることに嫉妬し、腹を立てているとは思いもしない。

そうこうしているうちに湯殿へ到着し、菊花は寝間着のまま床に下ろされ、香樹に湯をかけられたのだ。

ザァァァァ！

容赦なくかけられる湯に、菊花は文句を言う暇もない。

「も、やめ……！」

湯で濡れた寝間着が、ぺったりと肌に張りつく。

薄いそれは少し透けて、菊花の体をぼんやりと浮かび上がらせていた。

それが、とんでもなく恥ずかしくて。

菊花は必死になって腕で隠そうとしたが、隠したいところが多すぎて困り果てた。

何度も湯をかけた香樹は、庶民には手の届かない高級そうなせっけんを贅沢に泡立てて菊花の体を洗う。

ゴシゴシと容赦なく洗ってくる手は、力任せでぎこちない。

当然だろう。彼は洗ってもらうことはあっても、なにかを洗うことなんて初めてなのだから。

菊花は生まれて初めて、焦げた鍋の気分を味わった。

（焦げた鍋を洗う機会があったら、次はもう少しやさしく洗ってあげよう……）

ザァァァァ！

泡まみれの体に再び湯をかけられる。

泡を全て流し、濡れ鼠ならぬ濡れ子豚のようになった菊花を見下ろした香樹は、達成感に満ちた顔で濡れた額を拭った。ようやく満足したらしい。

(やっと終わった)

ホッとしたのもつかの間、しゃがみ込んだ香樹が菊花の首筋に鼻を寄せてくる。

クンクンとにおいを嗅がれて、菊花はピシッと硬直した。

何度されても慣れない。どうやったら慣れるのだろうと視線をさまよわせたその時、ふと目に入ったものに菊花は「ぴゃっ」と声を上げた。

「うっっ!」

水も滴るいい男……ならぬ、湯も滴る美貌の男がそこにいる。

ほんのりと上気した肌から、彼のにおい立つような色香がにじみ出ているようだ。

そうでなくとも今夜はいろいろあったのに。

菊花はもう、限界だった。

暴力的なまでに美しい男を正面から見てしまい、目を回す。

ぐらりとかしぐ菊花を片手で受け止めた香樹は、ついでとばかりにやわらかなわき腹を揉んだ。

「ふむ。この程度で目を回すか。先が思いやられるな」

ひとりごちると、香樹は悩ましくも楽しげなため息を吐いたのだった。

黄家の姫君

紫詠明が起こした事件は、秘密裏に処理されたようだった。

重臣とまではいかないが、名家ともいえるような家柄である紫家から罪人が出たのである。

市井《しせい》に事件が伝われば、どうなることか。考えるだけで恐ろしい。

若き皇帝に「それ見たことか」と反旗を翻す家門が出てくる可能性も否めず、この件は極秘扱いとなった。

犯人である詠明は、十年の懲役を言い渡された。

表向きは他国に留学ということになっているが、現在は人知れず貴族用の牢獄の中である。

彼の咎《とが》は、自身だけでなく身内にも飛び火した。

詠明の妹であり、珠瑛の取り巻きの一人であった氷霧は、問答無用で後宮を追われた。

夜逃げをするようにひっそりと、わずかな荷物だけを持って彼女は姿を消したのである。

好奇心旺盛な宮女候補たちは、いなくなった氷霧のことを好き勝手にうわさした。

曰く、好きな男と駆け落ちしたのだ、とか。

曰く、珠瑛の態度に嫌気が差して逃げたのだ、とか。

黄家の姫君である珠瑛を表立って悪く言う者はいなかったが、裏では散々な言われようだった。

残された取り巻きの紅葉と桜桃は、しばらくふさぎ込んでいた。

親友を失った悲しみからか、それとも別のなにかがあったのか。

二人とも貴族の娘である。

もしかしたら事情を知っていたのかもしれない。

とはいえ、うわさなんてしばらく経てばたち消える。

宮女候補たちは、慣例にのっとって毎月一定数が故郷へ帰されるのだ。

氷霧もいなくなってすぐは騒がれたものだが、翌月にはその存在も忘れ去られた。

◇◇◇◇

「ねぇ、知っていますか？　最近、皇帝陛下のあたため係は珠瑛様だといううわさが、まことしやかにささやかれているのですよ」

毎夜恒例のお茶会の場。

簡素な椅子に腰かけて、菊花が差し出す茶杯を受け取りながら柚安はそう言った。

「あなたの身の安全を確保するためです」

たまに顔を出しては茶の作法を教えてくれるようになった登月が、涼しい顔をして言う。

その顔は、なんだかとっても胡散臭い。

「え？」

「紫詠明があなたを拉致監禁したのは、あなたが皇帝陛下のあたため係……つまり、皇帝陛下のお気に入りだと思われたためです。口添えしろと脅されたのでしょう？」

「ええ、まあ」

「珠瑛様があたため係だと勘違いされていれば、少なくとも本当のあたため係である菊花が危険な目に遭う確率は低くなる」

「でも、それだと珠瑛様が狙われるのでは？」

「珠瑛様といえば、正妃候補と鳴り物入りで後宮へやって来た御方です。相手が黄家の姫君ともなれば、おいそれと手出しできません。もしも手を出そうものならば、恐ろしい報復が待っていますからね」

登月の意見にうなずきながら、柚安は「そうですね」と言った。

それから、茶杯に蓋をしていた聞香杯《もんこうはい》をそっと持ち上げ、鼻に寄せる。

杯に残る甘い茶の香りを楽しんでから、ゆったりと口を開いた。

「珠瑛様は自尊心が高い御人ですから。たとえ自分が皇帝陛下のあたため係でないとしても、自らうわさを否定することはないと思います。それどころか、最近はうわさを助長するように自室に引きこもっているのですよ」

皇帝陛下のあたため係が真の正妃候補だとうわさされたのだ。正妃になるために生きてきた珠瑛からしてみたら、面白くない。

皇帝陛下のあたため係は誰なのか。名乗り出ないような臆病者ならば、成り代わってしまっても良いだろう――と、そういうことらしい。

紫詠明が起こした事件を知る者が見れば、引きこもる彼女は誘拐された被害者――つまり、皇帝陛下のあたため係のように見えるはずだ。

偉そうに高笑いをする珠瑛を想像して、菊花は乾いた笑みを浮かべた。

「紅葉様と桜桃様は、嫌がらせをする元気もないみたい。物がなくなったり、廁に閉じ込められたりすることがなくなったわ」

「紅葉様と桜桃様ですが……ここ最近、珠瑛様のそばに侍らなくなりました。見る限り、彼女たちは少しずつ距離を置こうとしているようです」

「え、どうして？」

菊花の疑問に、登月は「おそらく」と前置きをすると、長い話になりそうなのか喉を潤すようにに茶をクピと飲んだ。

「珠瑛様が皇帝陛下のあたため係だとうわさされているからでしょう。彼女たちは氷霧様が後宮を去った理由を知っているが、あたため係の正体を知らない。おおかた、珠瑛様があたため係だといううわさを信じた親から言われたのでしょう。余計なことをするな、と」

珠瑛の機嫌を損ねたら、どうなるか分かったものではない。

皇帝陛下のお気に入りである彼女が進言すれば、紅葉も桜桃も氷霧の二の舞を演じることになってしまうかもしれない。

触らぬ神に祟りなし。

近くで恩恵を受けるより、身の安全を優先したのだろうと登月は言った。

「うわぁ……」

（女の友情って、脆《もろ》い）

親から言われただけで離れるなんて、貴族の友情は脆すぎる。

蛇の友達しかいない菊花には分からない世界だ。

（ハクと離れろって言われたら……ううん、お母さんもお父さんもそんなこと絶対に言わないけど、もし言われたら……それでもこっそり会うと思うわ）

しかし、柚安は違ったようである。

納得するように深くうなずきながら、苦く笑んでいた。

「分からなくもないですね。僕も一応、貴族の出ですから。黄家ににらまれたら、怖い」

「黄家って、そんなに怖い家なの？」

「ええ、とても。あの家は黒いうわさが絶えないのです。歯向かった人が毒殺されたという話をよく耳にしますし。けれど、証拠がないので捕まえようがないのだとか」

「なにそれ、怖っ！」

そういう時に限って、菊花の脳裏に登月が言っていた言葉がよみがえる。

黄珠瑛は毒殺も辞さない、と。

まさかと思って聞き流していたが、今更になって菊花は怖くなってきた。

「菊花様。前はいらないと言っていましたけど……やっぱり毒の耐性、つけておきますか？」

心配そうに見遣ってくる柚安に、菊花はブンブンと首を縦に振ったのだった。

第三章　男装の麗人

白一族の秘密

皇族である白一族は、巳の国を建国した蛇神の末裔である。

卵で生まれ、孵化し、蛇の姿で幼少期を過ごし、人の姿になることで成人と認められる。

大抵は寿命を迎えて人の姿のまま亡くなるのだが、ごくまれに不慮の事故やなんらかの理由があって成人後に寿命以外でその命を終えた時、蛇の姿でよみがえる。

それは、邪神の一面を持つ蛇神が、敵討ちのために与えた機会――らしい。

(え、怖くない？　機会っていうか呪いじゃない)

『つまりわしは、既に一度死んでおるのだ。寿命以外で命を終えたため、こうして蛇の姿になってよみがえったというわけだな。いやぁ、参った参った。死んだ時のことはよおく覚えておる。わしは毒殺されたのじゃ。毒に耐性があるわしをも殺す毒なんて、見事だのぉ』

「………………」

(いや、あの……そこ、感心するところなんですかね？　ちょっと、大丈夫ですか？　一度死んじゃっているのでしょう？　軽く言っていますけど、すごいことじゃないですか。……っていうか、私に話していい内容な気がしない。こんなの、誰にもしゃべっちゃいけないやつじゃない)

もしやこれは、菊花を後宮から出さない前提で話していやしないか。

万が一、菊花があたため係を解任されたり、宮女候補として残れず後宮を追い出されたりした場合、彼女に残されているのは――死！

（そんなのいやぁぁ！）

心の中で悲鳴を上げながらも、菊花は慣れた手つきで茶の用意をする。

茶を得意とする登月の指導の甲斐あって、彼女の所作は洗練されていた。

今や菊花は、どこに出しても恥ずかしくない登月自慢の弟子である。

（そろそろ趣味はお茶だと言ってもいいのでは？）

調子に乗ったせいで、カタンと茶杯が傾きそうになる。

菊花は慌てて茶杯を支えた。

（調子に乗るとダメね）

今度は茶をこぼさないように、菊花は慎重に寝台のそばへ寄せた机へ茶杯を置いた。

寝台の上では、巨大な蛇がとぐろを巻いている。

人が上半身を起こすかのように、蛇は鎌首をもたげた。

『すまんの、菊花。この姿では茶器を持つこともできん。聞香杯を鼻先へ近づけてもらっても良いか？』

「かしこまりました」

菊花は茶杯を蓋していた聞香杯をそっと外し、蛇の鼻先へと近づけた。

うつむく蛇は、しみじみとしているように見える。

『うむ。この姿になって良かったことは、茶の香が人であった時よりもよく聞けることだな』

「そうなのですか？」

『ああ。蛇の嗅覚は人のものよりも何十倍も敏感なのじゃ。人の姿の時であっても常人より鋭いが、今は比にならぬ』

「いいにおいの時は良いでしょうが、臭い時は大変そうですね」

『その通りじゃ』

カッカッカッと笑う蛇に、菊花は不思議な気持ちだった。

だって、目の前で好々爺《こうこうや》のように朗らかな笑い声を上げる蛇が、まさか先の皇帝だなんて誰が思うだろう。

蛇晶帝、白晶樹《はくしょうじゅ》。

彼が崩御した際にはそこかしこに高札が立てられ、その死を皆が悲しんだ。

菊花も当然、その高札を見ている。

もっとも、その時の彼女は難しい文字なんて読めなかったから、人々がささやく言葉を漏れ聞いて、そうなのかと納得していただけだったのだけれど。

菊花がいた田舎では、皇帝陛下はおとぎ話の登場人物か神仙の一種のような感覚である。

ゆえに、亡くなったと知らされても、心から嘆き悲しめるはずがない。

喪に服すようになんて言われても、もとよりささやかな生活なのでやりようもなく、母が残したボロボロの喪服を着て、菊花なりに哀悼を捧げて終わったのだった。

(そんな人が現実に、目の前にいるなんて。なんだか不思議)

しかも、見た目はどうしたって蛇である。

報復の機会を与えるためによみがえらせるなんて蛇神らしいといえばらしいけれど、そんなおとぎ話のようなことが現実に起こっているとは。

(たしか、異国には『事実は小説よりも奇なり』なんて言葉があるんだっけ？　まさしくその通りよね)

つらつらと考え事をしているうちに、蛇晶帝が顔を上げる。

『うむ。そろそろ茶を飲むとしようかの』

「あ、はい。かしこまりました」

聞香杯を下げて、今度は茶杯を差し出す。

机に置くように言われてその通りにすると、蛇晶帝はチロチロと小さな舌を伸ばして茶を舐めた。

細長い舌は、吹くと伸びるおもちゃの笛のようにも見えてかわいらしい。

菊花はふにゃっと相好を崩した。

『ふうむ、菊花よ。そうかしこまらずとも良い。一度は死んでおる身じゃ。気楽に話せ』

「ですが……」

『わしの言葉を理解できる者など、今現在は香樹とおまえさんしかおらぬ。誰に責められることもないから、安心せい』

「……………分かりました」

『うむ。わしのことは、おじさんとでも呼んでおくれ。かわいらしく、おじさまでも良いぞ？』

蛇晶帝は口の中で『いずれはお義父様になるだろうがな』とつぶやいたが、自分の茶を淹れていた菊花には聞こえなかった。

茶を淹れ、聞香を省いて茶杯を持った菊花は、簡素な椅子へ腰かける。

蛇晶帝は、機嫌が良さそうにゆらゆら揺れていた。

菊花に呼ばれるのを待つように、赤い小さな目が見上げてくる。

「おじさま？」

『良いのお。おなごにおじさまと呼ばれると、なんだかくすぐったい気持ちになるのじゃ』

「そういうものですか？　私には、よく分かりませんが」

『わしには娘がおらんからの。息子は何人かおったが死んでしもうた。生き残っておるのは、香樹ただ一人。香樹とて、成人して戻るまでは死んだものと思うておった』

ケロリと、とんでもないことを言われた気がした。

菊花は聞き間違いかと思って「え？」と聞き返す。

そんな彼女に蛇晶帝は、茶杯から顔を上げて『なんじゃ』と呆けたようにつぶやいた。

『菊花はまだ知らなかったか。香樹はな、卵のうちに行方不明になり、長く消息不明だったのじゃよ』

衝撃的なことを前置きもなく告げられて、菊花は驚いた。

つるりと手の中で滑った茶杯が床に落ちてカシャンと音を立てる。

じんわりと足を濡らす茶の感触が、気持ち悪かった。

◇◇◇◇

香樹が行方不明になったのは、今から二十一年前のこと。

蛇晶帝の正妃、華香《かこう》は四つの卵を産んだ。

彼女は産後の肥立ちが悪い中、無理を承知で卵をあたため続け、四つのうちの三つが孵化し、白蛇が三匹生まれた。

皇子たちの誕生に、後宮はお祭り騒ぎだったという。

蛇晶帝も皇子たちの誕生を大いに喜んだが、それよりも妻である華香の体が心配でならなかった。

「四つのうち、三つは孵化した。もう、休んでおくれ。おまえが倒れてしまう」

「いいえ、なりません。この子は生きています。必ず、わたくしが孵化させてみせます！」

白家に生まれる卵は、全部が全部、孵化するわけではない。

四つのうち三つも孵化したのは、むしろ幸運なほうである。

前例もあって蛇晶帝は妻に懇願したのだが、彼女の答えはいつだって「いいえ」だった。

最後の卵は、なかなか孵化しなかった。

もう駄目なのでは……。

そんな空気が流れても、華香はあたためることをやめようとしない。

最期は、卵をあたためることに必死になるあまり寝食をおろそかにし、疫病を患ってあっけなく息を引き取った。

皇子誕生でお祭り騒ぎだった後宮は、華香の訃報に水を打ったように静まり返った。

華香の葬儀はしめやかに営まれ、蛇晶帝は残された皇子たちを抱き、妻の墓前で誓った。

『息子たちは必ずや、立派に育ててみせる』と。

この時のゴタゴタの最中、華香が最後まであたため続けていた卵は、ひっそりと消えた。

もしかしたら華香の遺体とともに埋葬してしまったのではないかと、墓を暴いて捜索したのだが、ついぞ卵は見つからなかったのである。

それから、十七年の月日が経った。

大変ふがいないことに、蛇晶帝は三人いた皇子のうち、たった一人しか守りきることが敵わなかった。

一人目は、わずか三歳で夭逝《ようせい》した。

もともと体が弱く、長くは生きられなかったのだ。

二人目は、十歳でこの世を去った。

その年の冬は凍死者が多数出るくらい寒く、皇子は冬眠から目を覚まさなかったのだ。

まだ成人していなかった彼らは、蛇の姿のままよみがえることはなかった。

もしかしたら定められた運命だったのかもしれない。

三人目の皇子。彼だけが成人した。

このまま行けば、彼が次期皇帝になるだろうと誰もが思っていた――のだが。

『そんな時、香樹が現れた。白蛇の姿で人語をしゃべる者など、白一族以外ありえない。しかも香樹は、母である華香のことを覚えておった。最期まで必死にあたため続けてくれた彼女から離れたくなくて、ずっとそばについておったらしい。改めて墓を暴きに行った時、香樹は既に去ったあとで……手遅れじゃった』

「そうだったんだ……」

皇族である香樹が崔英の田舎にある山にいたのは、そのせいだったのだろう。

菊花の家がある裏山は、訳ありの者が埋葬されているとうわさされていた。

だからこそ、菊花たち以外にそこへ住む者がいなかったのだ。

「あの……でもそれじゃあ、香樹以外にもう一人、皇子様がいるんですよね？」

『ああ、おった。しかし、あの子もまた、わしと時を同じくして毒殺されたのじゃ。ほれ、香樹の執務中に足元で威嚇している蛇がおるじゃろう？　あれが香樹の兄……皇太子じゃ』

「え、あれがお兄さん⁉」

やたらと攻撃的な蛇だったと記憶している。

香樹が言うままに刑を執行していたから、賢い蛇だなぁなんて菊花は思っていた。

(でもまさか、お兄さんだなんて思わないじゃない⁉)

顔に出ていたのだろう。蛇晶帝は笑うように口をカパッと開いた。

『わしと皇太子を殺した者はだいたい見当がついておる。いずれ、時が来れば復讐するつもりじゃ』

鋭い牙が、ギラリと光る。

蛇神の恐ろしさの片鱗を見た気がして、菊花はぶるりと体を震わせた。

好々爺のようであっても、冷徹さは薄れていない。

蛇の姿では人の時ほど表情が分からないから、隠すのがうまくなっただけなのかもしれない。

『しかしな。それまで香樹としか話せないというのは苦行じゃ。あやつは口下手じゃからな。だからその時が来るまでは……菊花よ、わしの茶飲み友達になってくれんかの？』

蛇晶帝はそう言うと、ペコリとお辞儀した。

頭は下げたまま、赤い目がジッと菊花のことを見上げてくる。

上目遣いに菊花は胸を撃ち抜かれた。

（くっ！　かわいいじゃない！）

菊花は蛇を親友にするような変わり者だ。

ゆえに、大きな蛇に友達になってと言われて嬉しくないわけがなかった。

気づけば「もちろん」と答えて、尻尾の端と握手まで交わしていた。

しっかりと新たな友情を結んだところで、蛇晶帝は明るく『ところで』と尋ねた。

『菊花はどういう経緯で香樹のあたため係になったのじゃ？』

「うーん……偶然が重なって、ですかね？　私は崔英の田舎で生まれ育ちまして」

『崔英……。そこで香樹と出会ったわけじゃな？』

「はい。私はこんな見た目ですから、両親から町へ行くことを禁じられていて……。友人がいなかった私は、白蛇だった香樹を親友のように思っていたのです。ところが、私が十三の時に彼は突然姿を消して……」

『菊花は今、十八歳じゃったな。となると、香樹がいなくなったのは成人したあたりか』

「それから五年が経って、宮女募集のお触れが出て……宦官の登月様が私を迎えに来ました。彼はとある御方の推薦で私を迎えに来たと言っていて。たぶん、香樹が寄越したのだろうなと私は思っています」

『ほぉ、なるほどな。香樹は菊花と決めていたか』

菊花の言葉に、蛇晶帝は深々とうなずいた。

なんだか感慨深げに見えるのは気のせいだろうか。

「決めたというか……。昔はどうだったか知りませんけど、今は私のことを肉なんて呼びますし、大した意味はないんじゃないですか？」

言いながら、菊花はずっとモヤモヤしていた。

紫詠明によって攫《さら》われた菊花を、体温が上がるほど探し回ってくれた香樹。

あの時の彼の熱を思い出すと、本当に大した意味はないのだろうかと期待してしまう。

けれど同時に「焼豚」と言われたことも思い出して、菊花は唇を尖らせた。

「蛇の時は、寒い時季になるといつも私の懐で過ごしていました。だからおそらく、私のことはお布団として恋しいのだと思いますよ？」

ムスッとする菊花に、蛇晶帝はそれでも楽しそうだ。

カカカと朗らかに笑い声を上げる。

しばらく笑い続けて、『笑いすぎて腹が痛いわ』と身を捩った。

それからなにかを考えるようにつぶらな瞳を細めて、口元をモニョモニョとさせる。

どうも、笑いを堪えているらしい。散々笑っておいて、今更だが。

『そうか、そうか。もしかしたら香樹は、菊花を母のように思うておるのかもしれぬの』

「お母さんのように、ですか？」

『うむ。最期まで身を賭《と》してあたためてくれた母のぬくもりを求めて菊花の懐に入っていたのかもしれぬ』

「母の、ぬくもり……」

『ああ、そうじゃ。母のぬくもりじゃ。香樹が孵化した時、既に華香は亡くなっておった。後宮から遠く離れた地でたった一人。甘えたい時に甘えることもできず、寂しい幼少期を過ごしたのだろう。そんな時、菊花と出会って懐を許されたのならば。どんなことがあっても、あたため係に任命したいと思うのは無理からぬことよ』

菊花は、香樹がまだ小さな白蛇だった時のことを思い返した。

小さなハクは、他の大きな蛇たちにいじめられるといつも菊花のところへ逃げ込んで来た。

(あれは、お母さんに甘えられない代わりに私に甘えていたのね？)

そう思ったら、菊花はたまらなくなった。

大きな広間でたった一つの玉座に座り、たくさんの人を束ねていくのはさぞ孤独だろう。

必要以上に周囲へ冷たく当たってしまうのは、きっと愛が足りないせいに違いない。

『菊花のことを肉と呼ぶのも、自分より年下のおなごを母と思う恥ずかしさから来るものかもしれん』

「そんな！」

菊花は拳を突き上げながら立ち上がった。

菫色の目には決意が宿り、轟々と燃え盛っているようである。

「なるほど、そういうことですか……。香樹が求めているのは、愛！　母のような深い愛なのですね！　世界中が敵でも！　私が！　彼を守ります！」

『うむ、その意気じゃ！』

蛇晶帝の口元がグニャグニャ歪む。

面白くて仕方がない、と笑いを堪えるように。

母の愛、なんて真っ赤なうそである。

香樹が菊花に求めるのは番としての愛なのだから。

蛇晶帝はもちろん承知していたが、日頃邪険にしてくる息子への意趣返しを兼ねて、菊花を焚きつけたのだった。

皇帝陛下を甘やかす

「おかえり、香樹！」

香樹が寝所へ入るなり、菊花がドーンと抱きついてきた。

予想外の衝撃にたたらを踏みながらも、香樹は菊花を抱き留める。

「なんだ」

どこもかしこもやわらかな菊花だが、特に二の腕とおなかは最高である。

戌の国にあるマシュマロというお菓子に似ていると、香樹は常々思っていた。

やわらかな菊花の腕が、遠慮なく香樹の体に回される。

これで誘っているつもりがないのだから驚きだ。

自分でなかったら襲われているぞ、と香樹は心配になった。

菊花は菫色の目をキラキラと輝かせて、香樹を見上げてくる。

かわいい。率直に言って、かわいい。

どうしてこいつはこんなにかわいいのか。意味が分からない。

涼やかな顔をしているその下で、香樹はそんなことを考えていた。

まさか普段「肉」と呼んでくる男が、内心デレデレとそんなことを真剣に考えているとは露ほども知らず、菊花は母性を振りまきながらこう言った。

「今日からね、どーんと甘えていいんだよ！」

「そうか」

それは良いことだ。

おおかた、女大学でなにか学んできたのだろう。

そしてそれをさっそく実行しようとしている菊花は、なんて勤勉なのか。

愛らしい上に努力家なんて、自分の嫁にふさわしすぎる。

「ならばさっそく、甘えさせてもらうとしよう」

香樹は、菊花を支えていた手を緩め、彼女を抱き上げようとした。

菊花は一般女性よりもほんの少しふくよかだが、これぐらいはどうということもない。

常人よりも力が強い獣人である香樹には、なんの問題もないのである。

だが、続いて投下された彼女の言葉に、耳元で銅羅《どら》を鳴らされたような気分になった。

「私はなにがあっても香樹の味方だからね！　今日から私のことはお母さんだと思って、甘えてちょうだい！」

オカアサンダトオモッテ、アマエテチョウダイ、だと？

聞き捨てならない言葉に、香樹はついうっかり執務中のような冷たい声で「あ？」と答える。

ドスの利いた、聞いている者が震え上がりそうになる声だったが、今の菊花には照れ隠しのようにしか聞こえなかったようだ。

再びぎゅうっと香樹に抱きつきながら、菊花はさらに言った。

「恥ずかしがらなくてもいいのよ？　ここには私しかいないのだし。それに私、誰にも言ったりしないわ」

名前を呼ぶことさえくすぐったくて「肉」と呼んでしまっていたが、それがいけなかったのだろうか。

それとも、遠回しにあたため係になんて任命したのがいけなかったのか。

最初から正妃はおまえだと告げていれば……。

なにがいけなかったのだと、香樹の頭の中は疑問でいっぱいである。

落ちてくるのを待っていたら、とんでもない所へ落ちてきた。

今の香樹の心境を言い表すのならば、それが一番適切だろう。

「……直球で思いを伝えるべきだったか？」

「大丈夫、十分伝わっているわ。香樹はお母様に先立たれて、たった一人で頑張ってきたのよね？　それで私と出会って、お母様の面影を重ねていたのでしょう？　私じゃあお母様の代わりなんてできないかもしれないけれど、せめてあたため係として、親友として、あなたを支えさせてほしいの」

「菊花」

「なあに？」

「母のことを誰から聞いた？」

私はまだおまえに話したことがなかっただろう、と香樹は訝しげに菊花を見た。

だいたい察しはつくが、聞いておかなければならない。

事と次第によっては、あのふざけた父親《じじい》を締め上げなくてはならないからだ。

「蛇晶帝……あ、違う。そうじゃなかった。えっと、そう、おじさまよ！　おじさまから聞いたの！」

「おじさま……」

あのじじい、菊花になんと呼ばせているのだ。

おじさま、だと？

父親は息子しか得られなかった。

ゆえに、娘にやたらと執着しているのを香樹は知っている。

しかし、言うに事欠いて菊花におじさま呼びをさせているとは。

なんとなく変態臭さを覚えて、香樹は額に手を当てながら天井を仰いだ。

重々しく深いため息が漏れ出る。

大好きな菊花がすぐそばにいるというのに、気分は晴れるどころか落ち込む一方だ。

「あの……聞いちゃ、ダメだった？」

香樹の深いため息に、菊花は不安そうな顔で見上げてくる。

そんな顔をさせたいわけではない。

だが、執務の疲れとその他諸々のせいで疲労は頂点に達していた。

しょんぼりと表情を曇らせた菊花の頭に、シュンと伏せられた犬耳の幻覚が見える。

香樹はそれを、疲れているからだと判断した。

もう、なにも考えたくない。

その一言に尽きる。

「駄目ではない。だから、そんな顔をするな」

宥めるように頭を撫でてやると、今度はブンブンと振られる尻尾が見えた気がしたが、これも疲れているせいに違いない。

香樹は眉間を揉みながら、うなる。

「私は疲れた。もう寝る。ほら、菊花。甘えさせてくれるのだろう？　今日もあたためてくれるな？」

「はい、もちろん！」

こっちこっちと手を引いて寝台へ案内する菊花に、不埒な気持ちなどひとかけらもないのだろう。

とても、かわいい。

それに比べて自分は……と思うと、香樹は憮然《ぶぜん》たる表情で目を伏せるのだった。

少しの可能性

「ねぇ、知っている？」

「なぁに、なんの話？」

「あのね──」


後宮では、また新しいうわさ話が広がっている。

相変わらず珠瑛に疎まれているせいで友達がいない菊花は、我関せずといった様子でうわさ話に花を咲かせる宮女候補たちの横を通り過ぎた。

(飽きないわねぇ)

毎日毎日、同じことの繰り返し。

ただぼんやりと流れに身を任せているだけでも日々は過ぎていく。

宮女候補たちが集められて、半年と少し。

後宮という鳥籠に閉じ込められて、宮女候補たちには自由がない。

最初こそ三食昼寝付きの待遇に喜んでいた者も、慣れればそれも当たり前になり、好待遇と思えなくなってくる。

ああ、にぎやかな町が恋しい。

お店ですてきなものを眺めて、自由にお買い物がしたい。

あと数カ月もすれば誰が正式に宮女となるかが決定し、選ばれなかった宮女候補たちは故郷へ帰されると分かっていても、窮屈に思う気持ちは止まらない。

ただ繰り返すだけの日々に潤いを求めるように、彼女たちは忙《せわ》しなくうわさ話に花を咲かせる。まるで鳥籠の鳥のように、ピーチクパーチクとさえずるのだ。

今回のうわさ話の主役は、戌の国から訪れた女学者。

彼女のことを、宮女候補たちはこう呼んだ。


――男装の麗人・リリーベル様。


可憐な名前に、青年のような凛々しい顔立ちとスッとした高い背。金色の髪を無造作に束ね、澄んだ青い目は、目が合うだけで腰が砕けそうになるという。

戌の国の王命で巳の国へやって来たという女学者は、皇帝陛下より与えられた部屋に大量の書物を持ち込み、日がな一日なにかを調べていたかと思えば、後宮にいる教官たちと談義をしていたり、かと思えば庭に生えている草をむしりながらあでもないこうでもないとブツクサつぶやいていたりと、うわさの種に事欠かない。

変わった人だが、見た目が良いおかげで全てをカバーしているらしい。

後宮に来てから数日しか経っていないというのに、彼女のうわさはまたたく間に広がった。

目の保養が来た、という意味で。

皇帝陛下が来ない後宮など、禁欲的《つまらない》な場所でしかない。

押し込められた彼女たちが、女であっても美青年にしか見えないリリーベルにうつつを抜かすのは仕方のないことだった。

「お邪魔します」

周囲に人がいないのを何度も確認して、菊花はそろりと円い窓のような扉を開いた。

誰にも見られないように素早く入室して、音を立てないように扉を閉める。

くるりとうしろを振り返ると、人が一人通れるくらいの細い通路が部屋の奥まで続いていた。

通路の左右にあるのは、天井近くまで積み上げられた書物だ。

絶妙なバランスを保って、壁と化している。

(下の書物を読みたい時はどうするのかしら?)

一番下で押しつぶされている書物は、なんともぞんざいな扱いである。

菊花は後宮へ来るまで紙さえ買えなかったというのに、ここでは数えきれないほどの紙や書物がなおざりな扱いを受けていた。

「もったいない。ちゃんと棚へ入れて整頓したらいいのに」

「そうしたいのは山々なんだよ？　でも、この部屋じゃあ収納しきれないんだ」

そう言いながら奥からやって来たのは、うわさの男装の麗人リリーベルだった。

リリーベルは菊花を見るなりパッと表情を明るくさせる。

「待っていたよ。私のかわいい菊花さん！」

「待っていたのは私ではなく、これでしょう？」

菊花はそう言って、草を一束差し出した。

リリーベルは草を見るなり目を輝かせる。

「そう、これだよ！　後宮のどこかにあるとは聞いていたのだけれど、なかなか見つからなくてね」

リリーベルは草を恭《うやうや》しく手に乗せると、くるくると嬉しそうに回った。

背の高い彼女の腕は長く、積み上げられた書物に当たって壁がグラグラと揺れる。

「リリーベル様。壁が崩壊する前に落ち着いてくださいね？」

「分かっているとも！」

心もとない返事に微苦笑を浮かべ、菊花はやれやれと肩をすくめた。

菊花が持ってきた草。

これは、薬草である。

後宮の隅っこのほう、日当たりの悪いジメジメした場所にしか生えていないそれは、紅梅草《こうばいそう》という。

紅梅によく似た花を咲かせる草で、さまざまな薬に使うことができる。

山で採集しては売りさばいていたので、菊花には馴染みがあった。

「嬉しそうですね、リリーベル様」

「それは嬉しいよ。だってこれがあれば研究が進むからね」

「紅梅草には薬の効用を高める効果があるんでしたっけ？」

「よく知っているね。だがね？　逆に、毒を強める効果もあるんだ。これ一つでは治せもしないし殺せもしないけれど、これがあるというだけで、霊薬にもなれば劇薬にもなるというわけだね」

人の役に立つものは薬で、人を害するものは毒。

何事もさじ加減が肝要だということなのだろう。

「リリーベル様は、蛇晶帝《おじさま》に頼まれた毒の研究をしているのですよね？」

「ああ、そうだとも」

戌の国からやって来た男装の麗人は、後宮の宮女候補たちへ他国の文化を教える教官として招かれたことになっている。

だがそれは、表向きのこと。

内情は、先帝・蛇晶帝を毒殺した犯人を見つけるため。

その毒の分析をするためにやって来たのだ。

女学者、リリーベル・ラデライト。

もう一つの肩書きは、戌の国の王族。王位継承権第二位である第二王子の妻だというのだから、さらに驚きである。

そんなリリーベルと菊花が一緒にいるのは、お互いに都合が良かったからだ。

助手がほしいリリーベルと、毒の耐性をつけるため毒に精通する人物が必要だった菊花。

蛇晶帝の事情を知る菊花なら助手に最適だということで、毒の耐性をつける手助けをしてもらうことを交換条件に、リリーベルを手伝うよう命じたのは香樹だった。

「王子様のお嫁さんが毒を専門に研究をしているなんて、珍しいですよね」

「そうかな？　まぁ、夫との出会いも解毒《げどく》がきっかけだったから、毒の研究家でなかったら出会うこともなかっただろうね」

カラッと笑いながらとんでもない出会いをサラリと告白してくるリリーベルに、菊花は目をパチクリとさせた。

あまりに自然に言うものだから、思わずそういうものかと納得しそうになる。

(いやいやいや。そんな普通のことじゃないよね⁉)

「ふふ。菊花さん、普通のことじゃないって顔をしてる。でも、王族なんてそんなものだよ？　権力争いに巻き込まれたり、巻き込んだり、大変なんだ。異母兄弟だったりするとさ、本人にその気がなくても親戚が殺《や》る気になったりするし。面倒なんだよ、もうほんと」

(戌の国って、そんなに物騒なの⁉)

なんだか聞いてはいけない事情を聞いてしまった気がするが、菊花は聞かなかったことにした。そうすることが正しいと思えたから。

だって、菊花は皇帝陛下のあたため係で、蛇晶帝の話し相手で、リリーベルの助手だけれど、他国の内情を知れるような立場ではない。

(あぁぁぁぁ。ますます後宮から出してもらえないような気がしてきたわ……)

「巳の国だって、蛇晶帝と皇太子殿下が毒殺されただろう? 毒の耐性があるのに毒殺されるなんて、めったにないことだけどさ」

「ああ……そう、ですね……」

気のせいではないのだろうか。

彼らは菊花を後宮から出さない前提で話しているのだろうか。

(まぁ、いなくなったところで誰も探さないし)

万が一、菊花があたため係を解任されたり、話し相手を解任されたり、助手を解雇されたり、宮女候補として残れずに後宮を追い出された場合、彼女に残されているのは——やはり死!

(死にたくなぁぁぁい!)

ブルブルと震える菊花の肩を、リリーベルはなぜか「分かるよ」と叩いた。

いたわるような優しい手つきに、菊花は縋るような目でリリーベルを見上げる。

覗き込んだら吸い込まれそうな青い目が、菊花を優しく見つめていた。

「リリーベル様……」

「菊花さん……」

しばし見つめ合う。

相手は女性だと分かっているのに、菊花の胸はトクトクと早鐘を打った。

「菊花さん、頑張るんだよ。私は応援しているからね」

「は、はい……」

ほんの少し色っぽい展開になったかと思いきや、リリーベルは深々とため息を吐いて菊花の肩をぐわしと掴んだ。

その目は真剣に菊花を見つめている。一体、なにを頑張れと応援されているのだろうか。

（まさか、私と香樹が恋仲だって勘違いされている？）

しがない田舎娘、それも美人とは対極にいるような棉花糖《マシュマロ》娘と、地位も名誉も財産も、なにもかもを持っている皇帝陛下の叶わざる恋……。

リリーベルは、そんな二人を応援すると言っているのかもしれない。

「あの、リリーベル様？　私と陛下は、リリーベル様が思っているような甘い関係ではないですよ？　あたため係っていうといやらしく聞こえるかもしれませんが、実際には抱き枕と変わらないのです。私は彼の幼馴染みとして、母のような気持ちで彼を想っています」

「ああ、いや。菊花さんがどうとかいうわけじゃないんだ。問題は――のほうでね……」

言いづらいことなのか、リリーベルの言葉は最後まできちんと聞き取れない。

困ったように眉を下げる彼女に、菊花はそれ以上追求することをやめた。

(もしかしたら、だけど。リリーベル様の結婚には、なにか問題があったのかもしれないわ。だから私と香樹のことを心配して言ってくれているのね。せっかくのご好意だもの。黙って受け取っておきましょう)

これ以上突っ込むと、リリーベルのほうが大変になるような気がして。なにより、自身にも飛び火しかねないと思ったから、菊花は一人、訳知り顔で口をつぐんだ。

近すぎる距離を少しだけあけて、「そういえば」とやや強引に話題を変える。

「お渡しした紅梅草はなにに使われるのですか?」

「さっきも言ったけど、紅梅草はあらゆる薬や毒の効果を高めるんだ。蛇晶帝の遺体から採取された毒はほとんど解析できたんだけれど……あと一つが分からない。紅梅草に似ているということは分かったのだけれど、それ以上はさっぱりだ。もしかしたら新種の毒草か突然変異の毒草かもしれないが、改めて紅梅草を調べてからそちらの可能性を考えようと思ってね」

そう言うと、リリーベルはむずがゆそうに頭を掻いた。

分かりそうで、分からない。

その悔しさともどかしさを、菊花も分からないでもない。

菊花はリリーベルに同調するように顔をしかめながら、うーんとうなった。

「新種に、突然変異……ですか」

紅梅草の突然変異。

その言葉を聞いて、菊花の脳裏にふと過ぎるものがある。

本当に、たまたまだった。

たまたま、食うに困ってしたこと。

紅梅草は良い値で買い取ってもらえる。

だが、採集するためには裏山に分け入らなければならなかった。

慣れているとはいえ、裏山は決して安全な場所ではない。

何度となく危ない目に遭って、菊花は思ったのだ。

自宅の畑で栽培すればいいのでは？と。

だが、結果は失敗。

なにがいけなかったのか、紅梅草は赤くなるどころか真っ白な花を咲かせ、当然のことながら見たこともない謎の草を買い取ってもらうことはできなかった。

(買い取り業者がリリーベル様だったら買い取ってもらえたかもしれないわね)

今からでも間に合うだろうか。

菊花の実家の畑には、今も白い紅梅草が生えている。

（……まさかね？）

こんな偶然、何度も続くわけがない。

蝗害の時みたいにうまくいくわけなんて、あるはずがない。

「菊花さん？」

リリーベルの声が、あの時の香樹の声と重なる。

腰を抱く香樹の手のぬくもりを思い出して、菊花は思い直した。

（まさか、があったとしたら？）

そう思ったら、黙っていることなんてできなかった。

「あのぅ……ちょっと、よろしいでしょうか？」

菊花の声にリリーベルの目がキラリと輝く。

まるで、待っていましたと言うように、その目は期待に満ちていた。

「なんだい？　ああ、もしかしてなにか閃《ひらめ》いたのかな？　ふふ、聞いているよ。巳の国の蝗害対策を君が献策したって。面白い案だよね。みんなは君を田舎娘って馬鹿にしているけれど、私は不思議でならないよ」

リリーベルがワクワクとした目で菊花を見つめている。

菊花はその目を不安そうに見返した。

「違うかもしれません」

「構わない。研究とはそういうものさ。少しの可能性があるのなら、聞く価値はある」

だから、自信を持って。

そう言って、リリーベルは優しく菊花の言葉を促した。

菊花は躊躇うように唇を噛んで、何度かモニョモニョと動かしてから、ようやく決心したように口を開いた。

「私、昔……食うに困って……裏山から採ってきた紅梅草を、畑で栽培しようとしたことがあるんです」

「紅梅草を栽培しようとしたの？　紅梅草の育成方法なんてまだ確立されていないのに。すごいね、菊花さん」

「すごくないですよ。失敗して、真っ白な花が咲きましたし」

全然、すごいことなんてないのだ。

菊花が植えた紅梅草は蕾まではちゃんと育っていたのに、開いた花は真っ白だったのである。

真っ白な紅梅草なんて聞いたことがない。

いや、紅梅草とも言えないだろう。

あるかどうかは分からないが、これでは白梅草《はくばいそう》である。

「しかも、真っ白な紅梅草はなぜか大量に繁殖しまして。今頃実家の畑は、真っ白な紅梅草であふれ返っていると思います……」

帰ったら草むしりが大変だと、菊花は重いため息を吐いた。

金にならないどころか、労力の無駄になったのだ。

素人がうかつなことをするものではないと、菊花はやれやれと首を振る。

リリーベルは時が止まったように、まばたきさえ忘れて菊花を見た。

それからハッと我に返ると、菊花からなにかを聞き出そうとしているのか、両肩をぐわしと掴んでくる。

「……えっと、菊花さん？」

美しい顔が間近に迫る。こんな距離は、香樹以外初めてだ。

女性であるのは重々承知だが、自分のものではない甘い香りが鼻をくすぐって、菊花は緊張のあまり「ぴゃっ」と声を漏らした。

「は、はい、なんでしょう？　リリーベル様」

「それを突然変異と言うのだよ？」

「そう、なのですか？」

「そうなんです！」

リリーベルは菊花の肩を解放すると、ピョンピョンと嬉しそうに飛び跳ねた。

束ねた髪が飛び跳ねるたびに揺れて、尻尾のようだ。

「うわー！　なんでもっと早く言ってくれなかったんだい⁉」

「え、いや……紅梅草の突然変異とか新種とか、ついさっき聞いたばかりですし」

「そうだよね！　あー、なんで私は言わなかったのだろう。もっと早く言っておけば良かった。そうしたら、もっと早く解決したかもしれないのに！」

一人騒ぎながらしばらく狭い室内を跳ね回って、リリーベルは再び菊花を捕まえた。

「菊花さん、きみの家ってどこ？　今すぐ採取に行くから教えてくれないか？」

至近距離の美形の顔は、心臓に悪すぎる。

顔を覗き込まれ、菊花は顔を真っ赤にしながら実家の場所をしどろもどろで答えた。

◇◇◇◇

リリーベルは持ち前の行動力で菊花の話を聞いた当日のうちに香樹と話をつけ、数日後には旅立つ用意を調えていた。

彼女の目的は、蛇晶帝の息の根を止めた毒を特定すること。

だから、最優先されるのは当然のことかもしれない。

「では、いってくるよ」

「リリーベル様ぁ！　お気をつけて！」

「ご無事をお祈りしておりますわ！」

後宮の出口近くで宮女候補たちがさめざめと泣いている。

見事な刺繍があしらわれた綺麗な手巾《ハンカチ》を振りながら、彼女たちは口々に別れの言葉を告げた。

視線の先にはリリーベルの姿。

なんとも豪勢な見送りである。

菊花は見つからないようにひっそりと扉の陰からリリーベルに手を振った。

気づいた彼女は笑顔で手を振り返してくれたが、宮女候補たちは自分に向けて振ってくれたと思ったらしい。

そこかしこで「私よ」「私だってば」という言い争いが起きる。

「ああ、かわいいレディたち。どうかけんかをしないで。私は研究のために少し後宮を離れるけれど、必ず戻ってくる。それまで良い子で待っているのだよ？」

パッチン。

目が合うだけで腰砕けになるとうわさの澄んだ青い目で、リリーベルは秋波《ウインク》を送る。

「ひゃあああ……」

「はうぅぅぅ……」

途端に、宮女候補たちが数人パタパタと倒れた。

（お、おそるべし美形の秋波……！）

これで人妻だというのだから驚きである。

ていた。

鎌首をもたげてリリーベルを見るその目はどこか懐かしそうで、それでいて寂しげな色をしていた。

※

菊花の足元でしゅるりと蛇晶帝がとぐろを巻く。

『そうじゃのう。愛し愛される者はいつだって綺麗じゃ』

「いや、人妻だからこその色気なのかも？」


(華香様のことを思い出しているのかしら)

蛇晶帝の後宮に正妃以外の妃が迎え入れられたのは、華香亡きあとだと聞いている。

華香が存命中は、後宮の花は彼女だけだったとか。

(皇帝陛下は唯一、一夫多妻を許されているのに)

それほど彼は華香を愛していたのだろう。そして今も、彼は華香を愛し続けている。

子どもが香樹とその兄弟以外にいないのは、彼なりのけじめなのかもしれない。

(華香様は愛情深い方だったんだろうな。そんな彼女の代わりなんて、私にできるのかしら)

香樹のことを母のような愛で守り抜くと決めたけれど、はたして菊花は生母である華香のように愛せているのだろうか。

相変わらず菊花は香樹の抱き枕でしかない。

いつになったらこの愛の本領を発揮できるのかしらと、菊花は憂いの表情を浮かべた。

リリーベルを見送ってから数日後の夜のことである。

菊花はあたため係として呼ばれた時にだけ使う寝所の前で立ち止まった。

「……ん？」

いつも通り寝所の扉は閉まっている。

ここはいつだって閉じたままだ。

開けっぱなしになっていたことなんて一度もない。

扉はいつもぴっちりと閉めきられていて、菊花は自分で開けて入るのだから。

菊花が寝台に入るまで、香樹はただじっと寝台の上で体を丸めて待っている。冬眠する蛇のように静かに。

なのに、部屋の中で物音がしたような気がした。

今日に限って寝台を抜け出してなにかしているのだろうか。

外ではしとしとと雨が降り続いていて、廊下はひんやりとしている。

こんな日の香樹は、いつも以上に寒がって寝台から出てくることはないはずなのに。

菊花は不思議に思いながらも、そういうこともあるかと扉を開けた。

途端、香樹の鋭い声が菊花に向けられる。

「来るな！」

「え？」

初めて聞いた香樹の大声に、菊花は反射的に足を止める。

いつもはぴったりと閉じられているはずの天蓋の布が開かれていた。

寝台の上には膝立ちになった香樹がいて、寝台のすぐそばには人と思しき影がある。

影は無言のまま、スラリとなにかを引き抜いた。

なにか、ではない。

蝋燭《ろうそく》の明かりで鈍く光るそれを、菊花は前に見たことがあった。

(——小刀！)

認識した瞬間、菊花は目を見開く。

そんな彼女の脳裏に、少し前に拉致監禁された時の記憶がありありとよみがえった。

「あ……」

ガクガクと足が震える。

逃げなくてはならないと本能が告げてきた。

(だけど、どうやって？)

足は震えて使いものにならないし、這って逃げたとしても追いつかれるのが関の山。

「部屋を出ろ！　早く！」

(そうだ、部屋を出なくちゃ。だって、こういう時は逃げましょうって、護身術の赤《せき》先生が言っていたもの)

女性と子どもが盾に取られたら大変だから、武官の邪魔にならないように大声を上げて助けを呼び、一刻も早くその場から逃げるようにと。

「誰か！　誰か来て！　侵入者よ！」

けれど、ここから一人で逃げるなんて菊花にはできなかった。

だって菊花は香樹の母なのだ。つもりでも、なんでも。

母というものは、身の危険も顧みず我が子を助けるものである。

部屋の中には影と香樹しかいない。

菊花以外に、影と、大切に想っている香樹しかいないのだ。

素早く周りを見回した菊花は、火鉢に挿さった火箸を掴み取った。

「香樹！」

薄い寝間着をはためかせて、菊花は走った。

履いていた木靴が途中で脱げて転びそうになる。

それでも菊花はなんとか踏ん張って、裸足で走った。

「やあぁぁぁぁ！」

人生で一番速かったのではないかと思うような速度で走りきった菊花は、火箸を構えて寝台に飛び乗った。

「逃げろ！」

「絶対、いや！　私は、あなたを守るんだから！」
菊花は震える手で火箸を握りしめ、影をにらみつけた。
影は菊花を見るなり、ニンマリと唇を歪める。
「ちょうど良かった」
影はじっとりと陰湿な声でそう言った。
ゾワリと菊花の腕に鳥肌が立つ。
（ちょうど、良かった……？）
人は、追い詰められた時ほど頭の回転が速くなるらしい。
菊花の頭の中で、影の言葉がすごい速さで処理されていく。
ちょうど良かった。
それは、菊花に対して発せられた言葉。
つまり影は菊花に用があったということだ。
必死になって菊花に逃げろと言っていた香樹は、おそらく知っていたのだろう。
この影の狙いが皇帝陛下《じぶん》ではなく菊花であるということを。
（狙われているのは香樹じゃなくて私！）
それなら、菊花がすることはただ一つ。
菊花が囮《おとり》になって影を引きつけて、香樹から遠ざけることだけである。

（私は香樹のことが大切だから！　できることを精一杯やるだけよ！）

「逃げるのだ！」

「はい！」

菊花は寝台から飛び降りようとした。

少しでも飛距離を延ばしたくてかがみ込んだその瞬間、菊花のうしろから腕が伸びてくる。

「危ないっ！」

くるりと菊花の体が回る。

気づけば香樹に抱き寄せられていて、その背に守られていた。

細く頼りなさげな背が、今はとても頼もしく見える。

菊花は縋りたくなる気持ちを我慢して、胸元で両手を握りしめた。

数回剣戟《けんげき》の音が鳴り響き、影が忌々《いまいま》しげに舌打ちをする。

見れば、影の足には大きな蛇が牙を食い込ませていた。

影は必死に蛇を蹴り落とそうとするが、深々と突き刺さった牙は抜けない。

それどころか、蛇は動きを封じるように巻きつき、体全体を締め上げる。

とうとう蛇の毒は、影の動きを止めた。

影が床に崩れ落ちる。

「ひっ」

死んだのかと思って、菊花は小さな悲鳴を上げた。

『安心せぃ。峰打ちじゃ』

寝台で腰を抜かす菊花の前に、ニュッと顔を覗かせたのは蛇晶帝だった。

細い舌をピルピルさせて、なんとなく自慢げな表情をしているように見える。

「父上は剣など使っていないでしょう」

『神経毒で動けなくしただけじゃよ。殺してはおらんから峰打ちじゃろう？　菊花に手を出していたら危うく手加減できんかったかもしれんがな。香樹が剣の鍛錬をしていたおかげで、このつの命はつながったのぉ』

恐ろしいことをケロリと言いながら、蛇晶帝はカッカッカッと笑った。

（……わ、笑えない）

皇帝陛下ともなると、人の生き死になんて軽いことなのだろうか。

そういえば香樹も八つ当たりで毒蛇《あに》に臣下を噛ませていたことを思い出して、菊花はブルリと体を震わせた。

（似たもの親子……）

「菊花、けがはないか？」

香樹が菊花を覗き込む。

相変わらず表情は乏しいが、菊花に触れる手は優しい。

けがないか確かめるように頬を撫でられて、菊花は詰めていた息を吐いた。

「もう、大丈夫だ」

火箸を持っていた手が硬直して痙攣《けいれん》していた。

安心したせいで緩んだ涙腺が、ポロリと涙をこぼす。

「い、生ぎでるぅぅぅ」

良かった。

本当に、良かった。

こわばる手から火箸を落として、菊花は香樹に抱きつく。

「ああ、もう大丈夫だ」

涙と鼻水でグチャグチャになった菊花を香樹は構わず抱き寄せた。

『うむうむ！』

抱き合う二人を見つめ、蛇晶帝は満足そうにうなずく。

それからシュルリと音を立てて床を這い、倒れている影を監視するように、そばで丸くなった。その下半身は、しっかりと影の首を拘束している。

『ここはわしに任せよ。賊の検分は登月とやっておく』

「頼みます。私たちは……そうですね。今夜は、菊花の部屋に泊まるとします」

『おお！　初めてのお部屋訪問じゃな？　どうなるのか、あとで菊花から聞くのが楽しみじゃ』

「なにもありませんよ。ただ寝るだけです。では、頼みます」

『意気地なしめが』

「なんとでも」

グスグスと鼻を鳴らす菊花の体がふわりと浮く。

慌てて縋るものを求めた菊花の腕は、香樹の首にしがみついた。

揺れる体と不安定な浮遊感。

「あの……重くない？」

「ああ」

短く簡潔に答えられる。

どちらにも取れる答えに、菊花は心の中で「どっちなのよ」とつぶやいた。

だがきっと――そうであってほしいという願いが多分にあるが――大丈夫だと言いたかったのだろう。

だって、香樹の足取りに不安定さなどみじんもない。

息も乱さず、菊花なんて抱きかかえていないような普通の足取りだった。

しばらく歩いて、香樹は菊花の部屋の前で止まった。

両手がふさがっている香樹の代わりに菊花が扉を開ける。

私物なんてほとんどない、飾り気のない部屋。

机の上に置かれた小さな置物に気づいた香樹は、挨拶をするように軽く頭を下げた。

なんでもないことのように。それが当たり前のことだというように、自然と。

「あ……」

誰がどう見ても、価値なんてない小さな置物。

珠瑛たちでさえ気にも留めなかったそれに、香樹は気づいてくれた。

そのことがどうしようもなく、菊花は嬉しい。

小さな置物は、菊花の父であり、母だったから。

「ありがとう、香樹」

「礼を言うようなことではないだろう」

「でも、嬉しかったから」

「そうか」

寝台の上に、恭しく下ろされる。

菊花の目の前で、香樹はひざまずくように座った。

今夜は満月のはずだけれど、雨雲が隠してしまっている。

薄暗い中、香樹の深紅の目が菊花を見据えた。

「菊花」

名前を呼ばれる。

たったそれだけなのに、菊花の胸はドキリと脈打った。

(呼ばれ慣れていないせい？)

胸を押さえて息を潜める菊花の手を取った香樹は無表情だった。

その顔からはなにも読み取れなくて、菊花は不安そうに彼の名前を呼ぶ。

「香樹？」

「……どうして逃げなかった？」

戸惑うような間のあと、香樹は尋ねた。

怒っているような、なにかを我慢しているような、静かで低い声だった。

香樹の両手は幼子を叱る母親のように菊花の手を包み込んでいる。

その手が微かに震えていることに気がついて、菊花はヒュッと息を呑んだ。

赤い目が、責めるように菊花をにらむ。

「逃げたく、なかった、から」

香樹が責めるのも分からなくはない。

しかし菊花だって、彼女なりの理由があってそうしたのだ。

悪いことなんてしていないと、菊花は対抗するように香樹をにらみ返す。

「赤先生は逃げろと教えなかったか？」

「教わったけど……でも私は、そんなことできない」

「なぜ？」

（なぜ、なんて。そんなの決まってる）

「だって私は、香樹のお母さんだもの」

菊花は掴まれていた手で、香樹の手を握り返した。

いつもなら冷たいはずの手が、今日は菊花よりもあたたかい。

「お母さんって、そういうものなのよ。子どものためなら身の危険も顧みないの」

「そうか、母か」

香樹は笑った。

美しい人が笑うとこんなにも綺麗なのかと、菊花は感動を覚えた。

どんなに風光明媚《ふうこうめいび》な風景も、彼の笑顔には敵わない。

それくらい香樹の笑顔には大きな破壊力があった。

「そう、母よ」

分かってくれたのね、と菊花も笑い返す。

にこにこ。にこにこ。

笑い合う二人――だがそれは、ほんのひとときのこと。

なぜだか香樹は菊花の手を持ち上げて万歳をさせると、そのまま体重をかけてきた。

菊花に覆い被さるように、香樹が寝台に上がる。

二人分の体重を受けて寝台がギシリと音を立てた。

「あれ？」

「なんだ」

「どうして私は押し倒されているの？」

両手を一括りにされて、頭上で縫い留められる。

そんなことをしなくても逃げたりしないのに、と菊花は不思議に思った。

「さぁて、どうしてだと思う？」

「眠たいの？」

「そうだな、それもある」

「えっと、じゃあ、寝る？」

「そうさせてもらおう」

香樹の顔が菊花の顔に近づいてくる。

いつもはうしろから抱きついて首筋に顔を寄せて眠るのに、どうして今夜は違うのだろう。

不思議に思って見つめていると、香樹の顔がどんどん近づいてくる。

香樹は、それまで菊花が見たこともないような顔をしていた。

白い肌をうっすらと上気させ、熱っぽく目を潤ませている。

彼の紅玉のような瞳には、仄暗《ほのぐら》い炎のようなものが揺らいでいた。

「香樹」

「なんだ」

「顔が近い」

「こういう時は目を閉じるものだと習わなかったか？」

「房中術ではそうだけど。でも、私はお母さんだから違うでしょう？」

香樹の目の揺らぎが大きくなる。

だがそれも一瞬のことで、すぐに仄暗い炎に取って代わった。

そうだ。

菊花は母のような気持ちで香樹を想っている。

だから房中術なんて関係がないはずなのだ。

ケロリと答える菊花に、香樹は呆れたようにため息を吐いた。

それから「まだそんなことを言っているのか」と口の中でボソボソつぶやく。

「なぁ、菊花。私とおまえは本当の親子ではない。だから、本当の親子のようになるためには普通の親子以上に密な接触が必要だと私は考えるが……どうだろうか？」

香樹の提案に、菊花はなるほどとうなずいた。

だって本当に、その通りだと思ったから。

（香樹と私は幼馴染みで、親友で、皇帝陛下とあたため係だけれど、本当の親子じゃない。さっきのため息も、きっとなにか不足があって呆れてのことなんだわ。それなら私は、香樹が望むように、普通の親子のようになるために要求を呑むべきなんじゃゃ……？）

それに、香樹と菊花には離れていた期間もある。埋めるためには、より一層仲良くする必要があるだろう。

香樹の本心も知らず、うぶで無知な菊花は「それもそうね」と答えた。

「その言葉、忘れるなよ？」

言質《げんち》は取ったからな。

そう言った香樹の目は、まるで獲物を前にした蛇のように意地悪で楽しそうな色をしていた。

それぞれの推測

『ほうほう、それで？　それからどうしたのじゃ』

「お、お母さんにするとは思えないことを、され、ました」

『なんじゃ、それは。恥ずかしがっとらんで素直に全部吐け！　母にしないこととはどんなことなのじゃ！』

「そ、それ以上は、私の口からは、とても……」

菊花は石榴《ざくろ》のように顔を真っ赤にして、手で顔を覆った。

見れば、耳や首、鎖骨のあたりも真っ赤になっている。

『愛いのぉ』

ニヤニヤとからかうような蛇晶帝の声に、菊花の肩がビクンと揺れる。

「ひっ！　それ、その言葉！　使わないでください！　思い出しちゃいますから！」

照れ隠しに出た手が、蛇晶帝の口をふさいだ。

愛い。

その言葉を菊花は寝台の上で何度も聞かされた。

母親に対して、愛いなんて言葉は使わない。さすがの菊花も香樹がどういうつもりで言っていたのか理解したらしく、恥ずかしさを爆発させたように奇声を上げた。

「そ、そそそれよりも。リリーベル様から文《ふみ》が来たのですよね？　結果はどうだったのですか？」

分かりやすく話題を転換してくる菊花に、蛇晶帝はクツクツと笑う。

その笑い方は香樹そっくりで、菊花はますます顔を赤くした。

しかし、それ以上からかうつもりもなかったのだろう。蛇晶帝は笑いを引っ込めると、『そうじゃの』と菊花の話に乗った。

『結論から言うと。菊花の実家にあった白い紅梅草は、探している毒草と似て非なるものだったそうじゃ』

菊花が後宮へ行ってから畑を世話する者は誰もおらず、当然のことながら荒れ放題だった。

育てていた野菜を食い尽くそうとするかのように、白い紅梅草は繁殖していたらしい。

リリーベルは半数を刈り取ってその場で分析し、もう半分は今後の研究のために持ち帰ってくる予定のようだ。

結果として、菊花の畑は労せず雑草の駆除に成功したといえよう。

（そういうつもりはなかったのだけど……リリーベル様が戻ってきたらお礼を言わなくちゃ）

お礼の品はなにがいいかしらと思案する菊花の向かいで、蛇晶帝は当てが外れたと不満げに尻尾を振っている。

リリーベルから文が来たのは、昨日のことだそうだ。

彼女の帰還は数日後になるだろうと、蛇晶帝は言った。

「うちにあったものは似ているけど違ったってことですか？」

『ああ、そうじゃ。成分はかなり似ているらしいが、ほんの少しだけ差異があるようだと文には書いてあった。もしかすると、菊花と同じように紅梅草を栽培しようとした者が、たまたま作り出してしまったものなのかもしれぬ』

「そうですか……。たまたま……」

リリーベルは言っていた。紅梅草の栽培方法はまだ確立されていない、と。

菊花と同じ理由とはいかないまでも、紅梅草の可能性に情熱を注ぐ人が存在してもおかしくはない。

（だけど、失敗した白い紅梅草の効能を調べて、使えそうな毒だったから使うなんて……そんな人、なかなかいないのでは？）

効能を調べるには特別な道具と手順が必要だ。

道具を手に入れられるだけの資金と、それを使いこなす知識。

それらを持ち得る人物は、この国にそう多くはいない。

ましてや、毒をもって皇帝陛下を殺害しようとするなど、菊花のような田舎娘の常識では神仙を殺すも同義である。

使えそうな毒を見つけたからといって、よりにもよって皇帝陛下と皇太子殿下に使うなど、言語道断な行いなのだ。

（……待って）

その時、菊花の脳裏に天啓とも思える言葉が思い浮かんだ。

――黄家は黒いうわさが絶えないのです。歯向かった人が毒殺されたという話をよく耳にしますし。けれど、証拠がないので捕まえようがないのだとか。


そうだ。

柚安は言っていたじゃないか。

（この感覚……なにか覚えがあるような？）

まさかね、と菊花は思った。

どことなく空恐ろしさを感じて、冷や汗が背中を伝う。

けれど、二度あることは三度あるとも言う。

タイミング良く、以前リリーベルから言われた「少しの可能性でもあるのなら聞く価値はある」という言葉を思い出して、菊花は腹を括って話してみることにした。

「あのぅ……ちょっと、よろしいでしょうか？」

『申してみよ』

「おじさまは、黄家と問題なくお付き合いできていましたか?」

『なんじゃ、藪《やぶ》から棒に。だがまぁ、そうだな……良好とは言えんかった』

菊花の問いかけに、蛇晶帝は苦々しく答えた。


それは二十数年前——蛇晶帝が若かりし頃の話だ。

その頃、黄蘭瑛は華香を嫁にすると息巻いていた。

黄家の分家に生まれた華香は、美しく聡明な女性だと素晴らしい評判だった。

それゆえに、次期当主である蘭瑛の妻にふさわしいと、当時の黄家当主が無理やり縁談を迫ったという。

『そんな中、わしは華香と出会い、婚約した』

皇太子の正妃ともなれば、臣下である黄家に否やはない。

結果、華香は蛇晶帝の正妃となり、蘭瑛は別の女性と結婚した。

しかし、本当は自分のものになるはずだったという思いが捨てきれなかった蘭瑛は、しばらく荒れた生活を送っていたらしい。

流れてきた蘭瑛に関するうわさはどれも耳を疑うようなひどいもので、一体誰が、どういうつもりで流布しているのだと嫌悪したものだった。

『だが、華香が死ぬと憑き物が落ちたように落ち着いたそうじゃ』

それからしばらく蘭瑛はおとなしかったが、なにをきっかけにしたのか、再び荒れ出した。

すると今度は、皇子が死んだ。

華香と皇子二人。

たまたまなのかもしれないが、不幸があるたびに蘭瑛が荒れたり落ち着いたりを繰り返したものだから、口さがない者は彼が皇子たちを殺したのではないか、などとうわさした。

『だが、そんなものは根も葉もないうわさじゃ。息子たちの死は他殺ではない。病気や寒さによるものだったのじゃからな』

「なるほど。そんなことがあったのですね……」

蛇晶帝の言う通り、因果関係は証明できない。

だが、話を聞いた菊花は嫌な予感を拭えなかった。

むしろ、聞く前よりも増したくらいである。

(私なんかが口を出すことじゃない)

そう思ったが、言わないで後悔するより言って後悔したほうがマシだ。

汗がにじむ手で裳を手繰《たぐ》るように握りながら、菊花は重い口を開いた。

「おじさま。怒らないで聞いてほしいんですけど……」

『なんじゃ』

「もしも、もしもですよ？　おじさまに恨みを持つ蘭瑛様が、おじさまが不幸になることで気持ちを落ち着けていたとしたら？　華香様を手に入れられなかった憎しみを解消していたとしたら？　それまではたまたま、蘭瑛様が手を下さなくてもおじさまが不幸になっていたけれど、待っても待っても不幸にならなかったら……。我慢できなくなって、おじさまを殺そうとするのではないでしょうか」

『まさか。そんなことがあるわけ……なかろう』

言い聞かせるような否定の言葉に菊花は、臣下を信じたい気持ちと疑い続けてきた事実が隠れているような気がしてならない。

「本当に、ほんの少しも思わないのですか？」

畳みかけるような菊花の問いかけに、蛇晶帝が『ぐ』と押し黙った。

菊花だって確証があるわけではない。

あるのはただ、嫌な予感だけなのだ。

『わしが毒殺されたのも、皇太子が殺されたのも、蘭瑛の仕業だと言うのか？』

「分かりません。でも、蘭瑛様が主犯なのだとしたら……皇太子殿下が毒殺されてから、おじさまが殺されるまでの間隔はかなり短かかったように思えます」

長く我慢してきた反動からなのか、あるいは憎しみの対象に手をかけてとうとう見境がなくなったのか。

理由は分からないけれど、もしも見境がなくなっている場合、蘭瑛が香樹を毒殺するのは時間の問題であるように思う。

「おじさま。私は、香樹を失いたくありません」

菊花の真剣なまなざしに、蛇晶帝は『ううむ』とうなる。

その日はそれきり、なにも話さなかった。


リリーベルが戻ってきたのは、文が届いてから三日後のことだった。

「きっかぁぁ？」

「は、はい、なんでしょう？　リリーベル様」

柚安から自分がいなかった間に大事な助手が危険な目に遭っていたと聞かされて、彼女はかなりご立腹である。

美人が怒ると凡人よりも迫力があった。

鬼の面のような顔をするリリーベルに、菊花は顔を引き攣らせる。

菊花の両肩を掴んで顔を覗き込みながら、リリーベルは武官でもない、武術の心得もない菊花がどれほど無謀なことをしでかしたのか、それによってもたらされる脅威と結末を懇々と話して聞かせた。

「いい？　今後同じようなことがあったら、絶対になにがなんでも逃げること。分かった？」

「……分かりました」

「間が気になるけど……分かったのなら、よろしい」

菊花が渋々うなずいたのを見て、リリーベルはようやく怖い顔をやめた。

それから無表情でちらりと菊花を見て、毒気を抜かれたように優しい笑みを浮かべる。

つられてへらりと笑い返すと、頭を撫でてくれた。

姉がいたら、こんな感じなのだろうか。

菊花はくすぐったそうに目を細めて身を任せた。

「それで？　菊花さんを狙っていた男の素性は分かったのかい？」

リリーベルの問いに答えたのは登月だった。

いつものようにしれっとした顔で、彼はこの場に立っている。

「ええ。私が検分いたしました」

「登月が？」

「ええ、なにか問題でも？」

「いや、ご愁傷様だなぁと思っただけさ。それで？」

「暴漢の見当がつきました。茶李平《さりへい》。朱家の口添えで地方から異動してきた武官です」

朱家。

その名を聞いた瞬間、ぞくりと菊花の背中に悪寒が走った。

朱家といえば、朱紅葉が真っ先に思い浮かぶ。紅葉は珠瑛の取り巻きの一人だ。

（これはおそらく、偶然じゃない）

同じことを思ったのだろう。

菊花の足元にいた蛇晶帝が、ゆるりと頭を起こして見上げてくる。

『菊花。あの件を皆に伝えてくれ』

「父上。あの件、とは？」

意味深な言葉に、香樹が眉をひそめて蛇晶帝を見る。登月とリリーベルは蛇晶帝の言葉が聞こえないためか、様子を窺うように静観していた。

「これはあくまで私の推測ですけれど……リリーベル様が探している毒草は黄家が栽培しているのではないかと思うのです」

黄蘭瑛と華香の過去。それから、蘭瑛の荒れた時期と皇族が亡くなった時期が一致すること。たまたまといえばそれまでだが、菊花はそう思えなくなっていた。

これは偶然ではないと、本能が警鐘を鳴らしている。

「黄家は昔から黒いうわさが絶えないと聞きました。それも毎回、毒殺と言うではありませんか。蘭瑛様の荒れていた時期と、おじさまの周辺で起きた不幸の時期。それらを鑑みて、一部の出来事は、蘭瑛様が指示したことなのではないかと思ったのです」

「それは……」

ここにいる全員が菊花の意見を否定することができないようだった。

窘《たしな》めようとしたリリーベルでさえ、言葉を飲み込んでいる。

「確証はありません。ただの勘でしかない。けれど今回、暴漢が朱家と関係がある者だと聞いて、私はますます怪しいと思いました」

菊花の言葉を香樹は難しい顔をして聞いていた。

彼女が言っていることは、分からなくもない。

父や兄が毒殺されたと聞いた時、真っ先に疑った相手が蘭瑛だったからだ。

十七年ぶりに突然現れた末の皇子である香樹に、それまで皇太子の正妃にと推していた珠瑛を嫁にしないかと打診してきた蘭瑛。

だから香樹は、蘭瑛が皇太子を殺す前提で打診してきたのではないかと考えた。

だが、それはあくまで香樹の推測に過ぎない。

毒殺された父や兄の周辺からは黄家の関与を示す証拠は見つからず、犯人は未だ野放しのままだった。

「黄家は以前から怪しい動きをしていた。だが、いずれも証拠がない。証拠がなければ大々的に家探しすることも難しいだろう」

頭が痛い。

鈍い痛みを散らすように香樹は頭を振った。

「そうですよね。だから、思ったんです。彼らの留守を狙ってこっそり家の中を調べられないかと。証拠さえ見つかれば、黄家は言い逃れできないでしょう？」

「しかし、そう簡単に留守になることなどあるのだろうか？　毒草を栽培しているのなら、やすやすと離れることなど考えられまい」

そうなのである。それが問題だった。

菊花はそれ以上を考えておらず、困り果てて裳を握りしめることしかできない。

そんな中、沈黙を破ったのは登月だった。

「いいえ。留守にさせるのですよ。間もなく、宮女候補たちから宮女や正妃を決める最終選考の時期に入ります。陛下はその最終選考の方法として、茶会を提案するのです」

「たかが茶会で家を留守にするとは思えないが？」

「たかが茶会にしなければ良いのですよ。一族総出で準備するよう、仕向けるのです」

「どうやって？」

「陛下がどんなものを好むのかうわさを流しましょう。舞台装置が必要になるような、あるいは大勢の助っ人が必要となるような大がかりなものが望ましいです」

「なるほど。私はこう言えば良いのだな。私をもっとも喜ばせた一族の娘を正妃にする、と」

「そうです。陛下がそう言えば、どの家門も一族を挙げて茶会を盛り上げようとするでしょう。そんな中、黄家だけ参加しないというわけにはいかなくなる」

登月の案に、リリーベルが「まさか」と異を唱えた。

「皇帝陛下を毒殺するような男がそれくらいで尻尾を出すかな？」

リリーベルの言い分はもっともだ。

しかし、蘭瑛が理性を失っているのだとすれば我慢できずに動くはずだと菊花は思った。

その場合、狙いは香樹だろう。

もしかしたら、香樹をおびき寄せるために菊花も狙われるかもしれない。

「茶会はうってつけの機会だと思います。だって、堂々と毒殺できますから。機会はたくさんある。濡れ衣を着せる相手だって大勢いる。隙を作ってわざと泳がせたら、もしかすると現行犯で捕まえられるかもしれません」

言いながら、菊花は足がすくむような思いだった。

もしかしたら香樹と自分が殺されてしまうかもしれない話をしているのだ。

怖くないわけがない。

震える手を押さえつけるように握りしめていたら、ひんやりとした手に包み込まれた。

「香樹……」

「よく分かった。黄家については私も前々から気になっていたのだ。調べられる機会があるのならば、やってみたいと思う。だが、菊花が危険な目に遭うのは困る。万全の体制で実行できるよう、入念な準備が必要であろうな」

菊花の手の甲に唇を寄せて、香樹は恭しく口づけを落とした。

途端、菊花の震えはおさまり、代わりに彼女の肌が淡く色づく。

「陛下。ちょっと仲が進展したからって、この場で見せつけないでください」

登月の冷ややかな視線に、香樹がおかしそうにクツクッと笑う。

「なんだ、登月。やきもちか？」

「さて、なんのことでしょう？」

軽口の応酬に不穏な空気が少しだけ和らぐ。

ホッと息を吐きながらも、しかし菊花の胸の内は黒い霧が立ち込めたままだった。

第四章　蛇の執着

苦い感情

四人と一匹の話し合いから、半月が経った。

あれから何度も検討を重ね、香樹は茶会を開催することを——つまり、自身や菊花を囮にして黄家屋敷を捜索することを決めた。


講堂へ集められた宮女候補たちを前に、宦官の落陽は鼻息も荒く宣言した。

「宮女候補の最終選考の内容が決まった！」

ざわり。

だいぶ少なくなった宮女候補たちが顔に喜色を浮かべる。

当然だろう。これでようやく長かった宮女候補生活が終わるのだから。

(今日は随分声が響くわね)

でっぷりとした腹を揺らし、落陽は選考内容を読み上げている。

彼の大きな声は講堂の天井でウワンウワンと反響しているようだった。

後宮へ初めて来た時、講堂の中にはあふれんばかりに美女や美少女たちがいたというのに、今では数えるほどしかいない。

空席が目立つ講堂の中は、やけに広く感じる。

そんな中、菊花は中央付近の席に座る珠瑛を盗み見た。

真っすぐに背を伸ばした、凛としたたたずまい。

濡羽色の髪は結い上げられ、さらけ出された細い首が艶めかしい。

見えないけれど、その顔はきっと自信満々な表情を浮かべているに違いない。

先ほどから訳知り顔の落陽のニヤケ具合がひどいから。

珠瑛の隣の席では、距離を置いていたはずの紅葉が親しげに話しかけている。

おそらく紅葉の生家である朱家は、黄家についたのだろう。

傍観の時期を終え、黄家におもねることにしたようだ。

(朱家は私を殺しに来た武官を都へ呼び寄せた家だものね)

菊花の暗殺は失敗に終わり、朱家はなにを土産にその傘下へ降《くだ》ったのだろう。

(紅葉が珠瑛の取り巻きに戻るだけでは割に合わないだろうし)

菊花は首をかしげながら、落陽の話に耳を傾けた。

「これよりひと月後、後宮の庭を開放し、茶会を開催することとなった。その茶会で、各々の一族が一丸となり、趣向を凝らして皇帝陛下をもてなすのだ。これまでの成績と茶会での振る舞いによって、宮女を決定する。そして、もっとも陛下を楽しませた一族の娘を正妃とする！」

本来、後宮は皇帝陛下以外は男子禁制であるが、この茶会の間だけは例外とされた。

正妃が決まれば、華香の宮殿は取り壊される。母との思い出が残るこの場所を華やかな思い出で終わりにしたい――というのが蛇香帝からのお言葉らしい。

蛇香帝の母が産後間もなく亡くなっていることは、周知の事実である。

母を早くに亡くし、後宮に残る母の面影を頼りに寂しい幼少期を過ごしていたであろう、かわいそうな蛇香帝を想った宮女候補たちは、そっと涙を拭った。

もちろん、菊花は事実を知っているので泣いたりはしない。

そもそも、お母さんの代わりになろうと奮闘していた菊花にあんなことをする男が、母恋しさに後宮をさまよい歩くわけがない。

香樹はなかなかにふてぶてしい男なのだ。

(くぅぅ。思い出したら恥ずかしいやら腹が立つやら……！　でも、それでも香樹から離れようと思わない私も、きっと同罪だわ)

寝台の上でされた恥ずかしいあれこれを思い出さないように、習ったばかりの異国の数式を思い出しながら、菊花は落陽が語る素晴らしい茶会とやらの演説を右から左に聞き流したのだった。


「でもねぇ……私、まだ疑問があるのよ」

毎夜お馴染みの柚安とのお茶会で、菊花は工芸茶を淹れながら言った。

今夜のお茶は、花籠という名前のお茶らしい。

厨房からくすねてきた饅頭《まんじゅう》を頬張りながら、柚安が首をかしげた。

「ひほん？　はんへふ？」

「どうして蘭瑛様は自分の娘を宮女候補に送り出したのかしら。殺したいほど憎い相手の息子の嫁にするなんて、気が狂っているとしか思えないのだけれど」

柚安は考え込みながら、饅頭を咀嚼《そしゃく》し、ごくんと飲み込んだ。

「狂っているのでしょう。それ以外に考えられることですと……そうですねぇ……。乗っ取り、でしょうか」

「乗っ取り？」

「憎くて仕方がなかった男を殺し、自分と血のつながった孫が皇帝になる。孫が幼く、政《まつりごと》も行えないような年齢だったら、後見人として権威を振りかざせます。それは、蘭瑛様自身が皇帝になったも同然」

「自分のものになるはずだった女《ひと》を奪った、憎い男の地位を乗っ取る……ってこと？」

「ええ。やられたら、やり返す。権力には権力で……ということではないでしょうか」

「でもさ、その場合、孫には憎い男の血も流れているわけでしょう？」

茶を三つの茶杯に注ぎ入れながら、菊花はますます分からないと困惑の表情を浮かべた。

差し出された茶杯を受け取りながら、今夜初参加となったリリーベルが「ふむ」と考え込む。

「こうは考えられないか？　好きな女と結ばれなかった哀れな男は、自分の娘と好いた女の息子を番わせて、自分の代わりにする……というのは」

それはそれで、なかなかに気持ち悪い。

平気な顔で皇帝を毒殺する男にそんな乙女な一面があるかと思うと、笑うに笑えない。

引き攣る頬をごまかすように饅頭を口に放り込んだ菊花に、リリーベルは苦く笑い返した。

「まあ、理由はなんであれ、罪を犯したら償うのが道理だ」

リリーベルの言葉に、菊花はコクコクとうなずいた。

「ところで、菊花さん。お茶会の準備は進んでいるかい？」

「はい。リリーベル様のおかげで滞りなく」

菊花の茶会は、戌の国式のお茶会を予定している。

天涯孤独の身の上である菊花を心配したリリーベルが、協力を申し出てくれたのだ。

戌の国で茶会はアフタヌーンティーと呼ばれている。

三段重ねの皿に軽食や菓子を並べ、紅茶を提供するらしい。

当日は、菊花自ら厨房で菓子を焼く予定だ。今はこっそりと菓子作りの特訓中である。

ドレスの採寸はもう済ませているので、試食で体がサイズアップしないかヒヤヒヤものだ。

「そうか、それは良かった。私が懇意にしている仕立屋でドレスを仕立ててもらっているから、衣装については安心して。茶葉やティーセットも、もうじき国から届くはずだ」

「なにからなにまで、ありがとうございます」

「ああ、もう。そんなにかしこまらなくて良いんだよ？」

深々と頭を下げる菊花に、リリーベルは困った顔で笑う。

そして、妙案でも思いついたのかパッと表情を明るくさせた。

「そうだ。私のことは姉だと思って、遠慮なく甘えてほしい」

「姉、ですか？」

「うん、そう。これから私たちは長い付き合いになるだろうからね。せっかくだし、私は菊花と呼ばせてもらおうかな。ほら、菊花も言ってごらん？　おねえさまって」

「……リリーベル、おねえさま？」

「っっ！　なんというか、新しい扉が開きそうだね！」

楽しげに笑いながら頭を撫でてくるリリーベルに、菊花もつられるように笑う。

楽しそうにはしゃぐ二人に、柚安は置いてきぼりを食ったような顔で寂しそうにしていたが、ほどなく二人に絡まれ始めた。

こうして楽しい夜は、にぎやかに更けていくのであった。

◇◇◇◇

「菊花様、大丈夫ですか？」

「……くぅ！」

アンダードレスなるものを着せられ、コルセットという拘束具のような下着で体を締め上げられる。

見守る柚安に、菊花ではなくリリーベルが爽やかな笑顔とともに「大丈夫さ」と答えた。

「だいじょうぶじゃ……」

ない、と息を吐き出したところで、とどめとばかりにコルセットで体を締め上げられる。

うっぷ。

菊花はくびれができた腰を撫でさすりながら、胃が迫り上がってくるような感覚に涙を浮かべた。

宮女候補の最終選考であるお茶会まで二週間を切った。

最終選考の内容が告知されて以来、菊花は一度も香樹に呼ばれていない。

母のような愛を捧げるつもりだった菊花に、求めているものは別の感情だと行動で示してからは、毎日のようにお呼びの声がかかっていたというのに、だ。

最終選考の裏側で行われる黄家屋敷の捜索に向けて、多忙な日々を送っているからだと理解していても、なんだか肩透かしを食ったような気分になる。

（でもまぁ、考える時間をもらったと思えば……）

毎日毎日、考える間もなく「愛い」だの「良いにおい」だのと言われながら全身を撫で回された。

香樹に触れられると、羞恥のせいなのか、それとも別のなにかなのか、頭が沸くような判断しがたい謎の気持ちに支配されて、考えることができなくなる。

最終的には酒に酔ったように頭がぼんやりして、ぽっぽと火照った体を大事そうに抱きかかえられながら意識を失うというのが、ここ最近のお決まりだった。

香樹のことは、大切だと思っている。

幼馴染みとして。

親友として。

家族として。

だけれど最近は、それだけでは収まらない域に達している気がする。

(たとえば……そう。恋人、とか)

想像した瞬間、菊花の頬がほんのりと赤らむ。

恋人。

なんて甘美な響きだろう。

(私は香樹のことが、好き……なのかしら？)

白蛇時代の香樹のことを好きだと思ったことは何度もあった。

綺麗な鱗が好き。

優しい目が好き。

なにより、懐いてくれたことが嬉しかった。

一番の親友で、大切な存在だ。

だけれど今は——それだけではない、と思う。

姿を見ると嬉しくて、そばにいたらもっと嬉しくて、姿が見えなければ無性に会いたくてたまらなくなる。

現に菊花は今も、香樹に会いたいと思っていた。

戌の国の衣装に身を包んだ自分を見て、どう思ったか聞かせてほしい……なんて思っている。

こんな気持ちは初めてだ。

なんだか気恥ずかしくて、胸がきゅうっと締めつけられる。

(これは本当に恋というものなのかしら?)

いまいちよく分からない。

なにせ菊花は、恋愛経験がないのである。

両親は菊花を町へ行かせなかったし、両親が亡くなってからは生きることに必死だった。

恋愛がどういうものなのか、教えてくれる人もいなかった。

だから、この感情が恋というものなのか菊花は分かりかねている。

「ぐふぅ……」

「はいはい、菊花。そんな声、出さない。これでも緩くしているほうだからね？　戌の国では、もっとギュッと締め上げるのだから。おっ！　いいねぇ。きみの胸が強調されて実にエロティックだ」

「えっ、えろ？」

「官能的、というう意味さ」

「官能的!?　私が？」

濡羽色の髪も射干玉色の目もないのに。

そっと視線を落とせば、ぎゅむっと押し上げられた見事な胸元がそこにある。

そういえば白蛇時代の香樹はよく胸元に入り込んでいたなぁと思い出して、菊花は猛烈に恥ずかしくなった。

（え……まさか香樹は、そういうつもりで胸にいたわけじゃないよね？）

香樹はまもなく二十二歳になる。

白蛇だった香樹が菊花と一緒にいたのは、五年前。たぶん香樹が十七歳くらいまで。

となると、そういったことに興味津々な時期を彼は菊花と過ごしていたわけで――。

（ひえぇぇぇぇ）

菊花は羞恥に顔を赤らめた。

「菊花は胸も大きくて綺麗な形をしているよね。普段着ている服もさ、もう少し胸を強調するようにしたらもっとかわいくなると思うんだよなぁ」

「リリーベル様。菊花様、苦しそうですよ？　顔が赤いです」

「んー……これはコルセットのせいだけじゃないと思うなぁ。おおかた、香樹様とのあまぁいひとときでも思い出しているのではないかな？」

「そうでしょうか」

菊花は考え事をしていたので、柚安とリリーベルの破廉恥《ハレンチ》な会話を聞いていなかった。

聞いていなくて良かったのかもしれない。

聞いていたらきっと、とてもではないけれどこの場にはいられなかっただろうから。

◇◇◇◇

――お茶会の準備をするにあたり、宮女候補たちには蛇香帝へ質問する機会を与えるものとする。

その通知がなされたのは、最終選考まで一週間を切った頃だった。

指定された後宮の庭で、蛇香帝と二人きりで会えるという。

ちょっとした散策をしながら、質疑応答ができるらしい。

最終選考まであと一週間しかないというのに、この時期にそんなことをする意味があるとは思えない。

（どうして、今更）

訝しむ菊花に反し、宮女候補たちは大わらわだ。

前触れもなく告げられたことに対する文句を飲み込み、これは皇帝陛下に見初められる好機に違いないと、宮女候補たちは大慌てで自室に引きこもって衣装合わせや化粧を始めた。

菊花は自室でワヤワヤと身支度する宮女候補たちの声を遠くに聞きながら、一人、人気のない廊下を歩いて行く。

菊花の順番は最後だ。

どうやら今回は家門順のようで、一番目は珠瑛らしい。

「なにか意図があってのことかしら？」

菊花は歩きながら考える。

暗殺計画を立てるための情報収集だろうか。

（だとすれば、香樹が仕かけた罠に蘭瑛がおびき寄せられているという証拠よね……？）

宮女候補たちに与えられた時間は長くない。

わずかな時間で、なにを聞き出すというのか。

なにかがおかしい気がする。

漠然とした違和感だが、こういう時の嫌な予感は当たることを菊花はよく知っていた。

(私はなにも聞かされていない。私に聞かせたくない理由があるの？　それとも、急に決められたから伝えられなかっただけ？)

なにも分からないが胸騒ぎがする。

それも、とびきり嫌な予感だ。

「こういう時、いつもならなにか思いつくのに。今日はなにも頭に浮かばないわ」

無意識に歩き続けて、廊下が途切れる。

いつの間にか随分と歩いてきてしまったらしい。

ふと顔を上げると、目の前には手入れの行き届いた後宮の庭が広がっていた。

「……あっ」

戌の国から贈られたという薔薇園の前に、二人の人物がいた。

白銀に金を少しだけ混ぜたような色合いの絹糸のようにサラサラとした長い髪と、濡羽色をした艶々の長い髪。相反する二色の髪が風になびく。

(香樹と、珠瑛様……)

色とりどりの薔薇を背景に、美しい男女が並んでいる。

なんて絵になる光景だろう。

思わず足を止めて見入ってしまうほどに完成されていた。

息を呑む菊花の目の前でサァァと風が吹いて、薔薇の花びらを攫っていく。

香樹の髪に、ひとひらの花びらが絡んだ。

「あら、陛下。御髪《おぐし》に花びらが」

珠瑛の手が香樹の髪へ伸ばされたのを見た瞬間、菊花は反射的に両手で口を覆った。

(私は今、なにを……!?)

危うく菊花は「香樹に触らないで」と叫ぶところだった。

眉にギュッと力が入って、険しい顔をしているのが自分でも分かる。

ズキズキと眉間の奥が痛んだ。

怒りすぎで頭が痛くなるなんて初めての経験である。

ああ、これは。

これが——

(嫉妬というものか)

珠瑛が憎い。

あれほど執拗に嫌がらせをされていた時でさえ、怒りを覚えるまでには至らなかったのに、今は彼女が憎くて仕方がない。

できることなら今すぐ飛び出していって、珠瑛を突き飛ばしてでも香樹を取り戻したいくらいだ。

(でも、そんなことをしたら、ダメ)

誰がどんな意図でこの状況を生み出したのか分からない以上、菊花が余計なことをするべきではない。

仲睦まじげに歩いているように見えるが、もしかしたら水面下では菊花には分からないような罠が張り巡らされているのかもしれないのだ。

(分かる。分かるけど、でも……)

割りきれるかと問われれば、菊花は割りきれないと答えるだろう。

身の内を焼くような強烈な怒りは、まだ鎮まる様子がない。

恋とはなんて残酷なのだろう。

甘いだけなら良かったのに。

愛い、かわいいと構われるだけの関係だったら、どんなに良かったか。

蛇香帝、白香樹。

彼を好きになるということは、後宮の花の一輪になるということだ。

皇帝陛下は一夫多妻。

全国民の生活を背負う彼を支えるには、菊花だけでは到底、力不足だ。

大勢のうちの一人。

菊花が愛する人は一人だけれど、香樹にとってはそうではない。

(私は耐えられる?)

答えは、否だ。

珠瑛と一緒に歩いているだけで、こんなに気持ちがささくれ立つのに。

(手を握る? 抱きしめる? 口づける? とろけるように無防備な顔をして、「愛い」と他の誰かにもささやくの?)

そんなの絶対無理だ。

とてもではないが許容できない。

手を握るのも、抱きしめるのも、口づけるのも、寝起きのぼんやりした顔で「おはよう」と無防備に笑いかけるのも、自分にだけじゃないと嫌だ。一緒にいない時間、誰と一緒にいるのかと悶々とするのも嫌だ。

(他の人と分け合うなんて、無理)

たとえ菊花が大勢の妃の中で一番だとしても。

菊花だけの香樹でなくては我慢ならない。

自分の中に、こんな激情とも言える独占欲があるなんて菊花は知らなかった。

「——ええ。当日を楽しみにしていてくださいね」

「そうか。楽しみにしている」

珠瑛の笑い声が聞こえてくる。続いて、控えめに笑う香樹の声も。
それ以上聞いていられなくて、菊花は踵《きびす》を返して逃げ出した。

すれ違う愛情

最終選考まであと一週間という今この時期に、悠長なことをしている暇などない。

通常の執務に加え、最終選考の裏側で実行する黄家屋敷の捜索についても考えなくてはならないのだ。

自分の命と菊花の命。どちらも守った上で、長年にわたり隠蔽されてきた黄家の悪しき歴史をこの手で終わりにする。

そんなことができるだろうか。

否、そんな弱気なことではいけない。

できるかどうかではなく、やるしかないのだ。

だというのに、なんなのか。

分かっていて嫌がらせをしているのか。

(この、狸じじいめが)

香樹は形の良い眉を歪めた。美形の顔は、眉をひそめていても美しい。

その日、香樹の執務室へ先帝暗殺の首謀者と目をつけている黄家当主である蘭瑛本人が、お願いがあると言ってやって来た。

聞けば、娘の珠瑛が最終選考について悩んでいるという。

「陛下に不愉快な思いをさせるくらいなら、恥を忍んでいくつか質問させていただきたいことがあるのです」

と、珠瑛は言ってきたそうだ。

(無駄なことを)

聞いた瞬間、鼻で笑いそうになった。

正妃の座は菊花のものだと決まっている。珠瑛など、後宮に残す価値もない。

香樹は知っている。珠瑛とその仲間が、菊花になにをしたのか。

皇帝に仕える密偵《おつかい》は非常に優秀だ。なんでも知っている。

亡き母の形見である菊花の服を、彼女たちがどのようにぞんざいな扱いをしたのか。

菊花のことを何度廁に閉じ込めたのか。私物を何度隠し、何度捨てたのか。

菊花の部屋にある小さな置物を処分しようとした時は、頭に血がのぼった。

あれは彼女にとって、とても大事なものだ。ただの置物に見えるかもしれないが、あれは彼女と両親の思い出の品なのだから。

香樹は激情のままに落陽を呼び立てて怒鳴りつけ、菊花が気づかないうちに戻させた。

菊花が泣くようなら問答無用で黄一族とそれに連なる者たちを叩きつぶすつもりだったが、彼女は全く堪えていないようだ。

頼られたかった香樹は、それをほんの少しだけ残念に思っていた。

「話は、分かった」

うなずく香樹に、蘭瑛は喜色をにじませる。

今現在、黄家に怪しまれる行動は慎むべきだ。

部屋の隅に控えていた登月に目配せをすると、彼は微かに顎を引く。

(受けるべき、ということか)

香樹は渋々蘭瑛の申し出を受けた。

したり顔で退室していく蘭瑛を見送りながら、香樹は思う。

(どうでもいい女と話に興じるくらいなら、もうずっと会えていない菊花を呼び出して、思う存分甘えて、愛でていたい)

分かっている。そんな場合ではないことは。

だが、心まで偽ることはできない。香樹の気持ちはいつだって菊花にあるのだから。

「蘭瑛の提案を受けるのであれば、宮女候補全員にやらせるべきだろうな」

「はい。それが公平というものです」

しれっと答える登月を一瞥《いちべつ》し、香樹は書簡へ視線を落とした。

宮女候補の中にはもちろん、菊花もいる。

彼女との久々の逢瀬を楽しみに、香樹はもうひと頑張りすることにした。

だというのに。

だというのに、だ。

いざ菊花の順番が来たら、なぜか彼女は仏頂面。

香樹はわけが分からず困惑した。

最近の鬱憤をここで晴らそうとしていた香樹は、途方に暮れる。

表情筋が仕事をしないせいで無表情に見えるが、彼の頭の中は（どうしよう）でいっぱいである。

ずっと会えなかったことを怒っているのか。

それとも、「会えない埋め合わせに贈り物をしたらどうですか」という登月の意見を聞かなかったのがいけなかったのか。

もしや、また珠瑛になにかされて今度こそ腹に据えかねているのか。

（それなら、今度こそあの女を成敗してやろう）

黄家屋敷の捜索を待たずに、彼女を後宮から追い出すための材料はそろっている。

そう思って聞き出そうとしても菊花はプイッと顔を背けるばかり。

これには香樹も、かわいいのか腹が立つのか分からない。否、菊花はどんな顔をしていてもかわいいの一言に尽きるのだが。

菊花が香樹を望んでくれるなら、どんな障害だって跳ね除けるつもりだ。

それだけの力を香樹は手に入れた。
あとは菊花が香樹の腕の中に落ちてきてくれさえすれば良かった。
そのための宮女候補であり、そのためのあたため係。
それなのにどうしてそんな顔をしているのか。
菊花は香樹に甘い。
いつだって香樹のことを甘やかしてくれる。
そんな彼女に母を求めたこともあったけれど、それは遠い昔のことだ。
ともに過ごした月日の中で、気持ちは少しずつ変化していった。
今は好いた女として、番として、愛している。
菊花がいなければ、香樹など生きる価値もない。
なぜなら、小さく弱い白蛇は孤独に死ぬ運命だったのだから。
息絶えそうになっていた香樹を拾い、介抱し、生き存えさせたのは他ならぬ菊花だ。
死んでもいいと自暴自棄になっていた香樹に、この子と生きたいと思わせたのは菊花。
菊花がいるから香樹は生きている。
菊花がいなければ生きたいとも思わない。
香樹の全ては、菊花のためにある。
皇帝の地位など副産物に過ぎないのだ。

「菊花。どうして目を合わせてくれないのだ？」

「別に」

「私が、なにかしたか？」

「なにも」

「じゃあなにが足りない？」

「……香樹は……ううん、なんでもない」

言いかけた言葉はなんだったのか。

問いかけても、短く返されるだけ。

無情にも宦官が終わりを告げてくる。

離れていく彼女になにを言うべきかも分からず、香樹は肩を落とした。

こういう時、登月だったらなんと言うだろうか。

否、登月は優秀な男だ。

好いた女に仏頂面をさせるようなヘマはしない。

『そんな腑抜けた顔をして、どうした？　息子よ』

「父上……」

『道に迷った子どものような顔をしておる。皇帝たるもの、そのような顔では示しがつかぬ』

「力を得ても、女人の心は分かりませぬ」

『菊花となにかあったか。どれ、酒を用意せよ。こういう話は酒を飲みながらと決まっておる』

蛇の姿だというのに、ニンマリと意地悪く笑う顔は人の姿の時と同じだ。

香樹は苦笑いを浮かべて「かしこまりました」と答えた。

正々堂々と立つために

「どうしてうまくいかないのかしら」

毎夜恒例のお茶会。

今日あった出来事を話し終えた菊花は、項垂れた。

今夜ばかりは茶を淹れる気分になれずにいると、「じゃあ僕が」と珍しく柚安が淹れてくれている。

甘いにおいが湯気とともに立ちのぼり、部屋の中を漂う。

辰の国ではよく飲まれる甘茶という茶らしい。蜜も入れていないのに甘い。

菊花は一口飲んで、ほぅと息を吐いた。

「でもさ、菊花。今まで随分と悩んでいたみたいだけれど、これで納得しただろう？　自分の気持ち」

不器用な妹を見守るような、どこか哀れみがにじむ目をしているのはリリーベルだ。

「そうですね。それはもう、確実に理解しました。だって、あんな気持ちを知らないふりなんてできないもの」

思い出すのは、香樹と並び立つ珠瑛に覚えた腹立たしい気持ち。

その場所は自分のもの。誰にも、譲れない。

あれは、香樹を異性として見ているからこそ生まれた気持ちだと思う。

母のような愛では、絶対に抱くことがない気持ちだ。

真の母ならば、我が子のために手を離す。

「これからどうしたらいいのかしら。だって、香樹は皇帝陛下なのよ？　皇帝陛下の責任はとても重い。支えるためにはたくさんの妃が必要だわ」

抱える重責を正妃だけでは支えきれないから、皇帝陛下だけは例外的に一夫多妻が許されている。

「でも菊花様は……」

目を伏せて悩む菊花を柚安が痛ましげに見つめる。

「そう。私は大勢の中の一人なんてとても耐えられない。もしも香樹が私以外の人と手をつないだり、口づけしたり、抱擁したりしていたら、私は許せない。今日だって、珠瑛様を突き飛ばすところだった。ちょっと近くで話していただけなのに。こんなにも狭量な私が後宮でやっていけると思う？」

「やっていけないだろうね」

茶を飲み干したリリーベルが、静かに茶杯を卓に置く。

でも、と彼女は話を続けた。

「私は、一夫多妻にこだわる必要もないと思う。菊花は一人では支えきれないと思っているようだけれど、本当にそうかな？　きみは、きみが思っているよりずっと博識だよ。蝗害のことや紅梅草のこと。菊花は偶然だって言うけれど、必要な時に必要なことを正確に思い出すのは、すごいことなんだ。しかも菊花のそれは多岐にわたる。私みたいに毒が専門というわけじゃない」

「私はただ、記憶力がいいだけで……」

「それだけじゃない。菊花は皇帝陛下に面と向かってものを言える。誰もが息を潜めて時が過ぎ去るのを待つ中、きみだけは意見を申し上げたそうじゃないか」

「でも……」

「ねぇ、菊花。知っているかい？　蛇ってさ、とても臆病な生き物なんだよ。人が蛇を怖がるように、蛇も人を怖がっているんだ。そんな臆病な蛇を祖に持つ香樹様が、どうして人の上に立つ皇帝なんてできると思う？」

「彼以外に、いなかったから」

「それもある。けれど、それだけではないよ。彼はね、菊花と一緒にいたいと願い、そのために力を得たんだ」

「私の、ため？」

巳の国の皇族は蛇神を祖とする獣人だ。

卵で生まれ、幼少期を蛇の姿で過ごし、成人してようやく人の姿になる。

人からしてみたら獣人は異端であり、獣人は人が異端を嫌うことを理解している。

リリーベルの夫も、そうだという。

「だからこそ獣人は、自分が愛し、そして愛してくれる相手を殊更《ことさら》大事にしようとする。異形のものを愛してくれる人なんて、そうそういやしないからね。そりゃあもう、こっちが呆れるくらい大事にするんだ。大事にしすぎて心配になって、もしも自分のせいで相手が傷つけられたらどうしようなんて思う。行きすぎた心配は力を得るという結論に至り、結果、獣人たちは皇族や王族として政権を握ったわけだ」

リリーベルの夫は戌の国の王族である。

(五つの国にいるそれぞれの皇帝や王たちはみんな、そんな理由で国の主になったというの?)

菊花は到底信じられなかった。

しかしリリーベルは、愛しさとやるせなさを混ぜたような顔で菊花に微笑みかける。

「まさかって顔をしているけれど、本当なんだよ。香樹様は菊花と一緒にいたくて、ずっと一緒にいるためには守る必要があって、そのために力を得た。そうじゃなかったら、成人したからってわざわざ菊花と離れてまで都に行ったりしないさ。獣人は寂しがりやだからね。好いた相手から離れるのは、身を切られるような思いらしい。重い愛だよ、本当に」

夫から毎日のように手紙が届くんだと惚気る《のろける》リリーベルに、菊花は反射的に笑い返した——のだが。

ヒヤリ、と背中を嫌な汗が伝っていく。

もしやこれは、またしても聞いてはいけない類いの話だったのでは。

だって、こんな話、どう考えたってまずいだろう。各国の皇族や王族に関する話だ。

ただの宮女候補が聞いていい話ではない。絶対にない。

「ああ、柚安。これは他言無用で頼むよ」

ケロリと話すリリーベルに、柚安もすました顔で「かしこまりました」と答えている。

(これは、もしかして、もしかしなくてもまた外堀を埋められたのでは？)

外堀程度では済まされないかもしれない。

もう抜け出すことができない底無し沼に落ちている気がするのは、大げさではないだろう。

(それならもう、腹を括るしかないのかも)

どうしようなんて言いながら、菊花の中ではほぼ香樹を諦めていた。

大勢のうちの一人になるくらいなら香樹のことは諦めて実家に帰ろう。そう思っていたのに。

「菊花」

「はい、リリーベル様」

「私を身内《おねえさま》だと思ってと言っただろう？　だからさ」

意味ありげにリリーベルがニヤリと笑う。

その顔を見て菊花は、あの日リリーベルから言われた言葉がストンと腑に落ちた気がした。

（ああ、おねえさまは……）

あの時からもう、分かっていたのだろう。

姉と呼んでくれと言った、あの時にはもう。

「ええ、そうですね」

もしかしたらリリーベルも過去には今の菊花のように悩んだのかもしれない。

だからこそ、この結末も察しがついていたのだろう。

菊花がもう、香樹から逃げられないことを。


お茶会が終わり、柚安とリリーベルを見送った菊花は、ふらりと自室の窓辺に腰かけた。

本当は庭に出て少し歩きたい気分だったけれど、あたため係の仕事もないのに夕食後に出歩くのは御法度である。

たぶん出たところで咎められることはないだろうが、一応、菊花なりのけじめだ。

「……ふぅ」

窓越しに見上げた夜空には、白い月がぽっかりと浮かんでいる。

黒い夜空にさえざえと冷たく光る月。

それはまるで、執務中の香樹のようだ。

周りを拒絶するように冷たい表情を浮かべているところがそっくりである。

（たぶんそれは、怖いからなのでしょうね）

蛇は臆病な生き物だ。

リリーベルに言われるまでもなく、菊花は知っている。

だって、彼女の親友は白蛇《ハク》なのだ。

「怖いから、威嚇しているのだわ。なまじ顔が整っているから余計に冷たく見えてしまって、周りは必要以上に萎縮してしまう。悪循環ね」

聞いたばかりの獣人の話が頭を巡る。

香樹はいつから菊花と決めていたのだろう。

少なくとも忽然《こつぜん》と姿を消した時には菊花と決めていたはずだ。

おそらく、十七歳くらいの頃にはもう――。

「香樹に聞いても教えてくれないだろうな」

菊花はため息を吐いた。

「なにが聞きたい？」

独り言に声を返されて、菊花は吐き途中の息をヒュッと呑んだ。

いきなりのことにびっくりしすぎて、思わず咽せる。

咽せながら恐る恐る、声がしたほう――自室の扉を振り返ると、扉はいつの間にか開いていて、一人の男が立っていた。

窓から差し込む月明かりが男を照らす。

訪れたその男は、菊花がよく知る人物だった。

「香樹」

「……菊花」

「こんな時間にどうしたの？　今日は呼ばれていないはずよね？」

「来ては、いけないのか？」

返された声は聞いたこともないくらい寂しげで。

捨てられた子犬の幻影が見えるようである。

眉を下げ、唇をへの字にし、目は潤んで今にも泣きそうな顔だ。

「そんなことは、ないけれど」

「入っても良いだろうか？」

「どうぞ」

菊花の部屋に香樹が来るのは、これで二度目だ。

前に来た時と同じように小さな置物へ会釈をして、香樹は真っすぐ菊花のそばへ歩いてくる。

それからそばでたたずみ、ぼんやりと彼女を見下ろす。

潤んだ目は、菊花になにかを求めるように視線を送ってきた。

「どうしたの？　なにかあった？」

なんだか放っておけなくて、菊花は優しく尋ねた。

「……こそ」

「え？」

「おまえこそ、なにがあった？」

「なにがって……？」

「昼間の態度だ。どうしてあんなに不機嫌だった？　私がなにかしたのか？　もしなにかしてしまったのだとしたら教えてほしい」

わけも分からず謝ることは不誠実だ。

そう言って、香樹は沙汰を待つ罪人のように菊花の前でひざまずいた。

香樹の誠実すぎる態度に、菊花は気まずくなって目を逸らす。

おろおろと視線を泳がせた後、彼女は覚悟を決めるように息を吐き、口を開いた。

「香樹……あの、あなたは、なにも悪くないのよ。私が、狭量なだけで……」

「菊花が狭量なわけがないだろう。我慢しなくて良い。言ってくれ。どんなことを言われても私は受け入れる。必要ならば、直すから」

「そうじゃないの。そうじゃないのよ。だって私、私は……」

嫉妬していただけなの。

それを言うだけに、菊花はかなりの時間を要した。

ようやく口にした時、香樹は鳩が豆鉄砲を食ったように、真っ赤な目をまん丸にして菊花を見た。

「嫉妬、だと？」

ポカンと唇を半開きにして、信じられないものを見るように菊花を見上げてくる香樹に、彼女は苦く笑みながら答えた。

「昼間、珠瑛様と歩いていたでしょう？　薔薇園の前で美男美女が並んでいて、とても綺麗だったわ。お似合いだと思った」

「珠瑛は、」

口を挟む香樹を視線で黙らせて、菊花は被せるように「でもね」と話し続ける。

「同時に珠瑛様がすごく憎くてたまらなくなった。香樹から離れてって、突き飛ばしそうになったわ。私、人に対してこんなに怒ったこと今までなかったの。だから、びっくりした。その上、なかなか鎮まらないの。ずっとずっと怒りっぱなし。せっかく香樹と話す順番が来たのに、私ったら仏頂面だったでしょう？　ごめんなさい。でも、あれでもマシになったほうだったのよ。内心、どうして珠瑛様と楽しくおしゃべりしたのって八つ当たりしそうで怖かった」

珠瑛だからではない。他の宮女候補だったとしても、菊花は同じことを思っただろう。

自覚はなかったが、菊花はとても嫉妬深い、独占欲の強い性格のようだ。

「こんな私でも、香樹は愛いって言ってくれる？」

自嘲するように薄笑いを浮かべる菊花。

突き放すなら、今だよ。

菊花が言外《げんがい》にそう言っているように思えて、香樹は必死に応えた。

「当然だ！」

母のように愛していると言われて、母のような愛はいらぬと知らしめて。

さて次はどんなことをすれば手の内に落ちてくるだろうと考えていたら、勝手に落ちてきた。

それも、かわいらしいことに嫉妬していたと言うではないか。

なにがいけないというのか。

香樹からしてみたら、願ったり叶ったりでしかない。

湧き上がる愛しさに突き動かされ、香樹は菊花を強く抱きしめた。

菊花の髪を飾っていた簪が、弾みでカシャンと落ちる。

支えを失った結い髪がスルリと解けて、長い髪がこぼれ落ちた。

月明かりに照らされ、金の髪がまばゆく光る。

「私は、菊花を愛している。どんなことがあっても、手放すことなどできはしない……。私は、菊花さえいれば良いのだ。私の妻に……正妃に、なってくれるな？」

「香樹……。私もあなたが、大好きよ」

嬉しさのあまり、菊花の目に涙がにじんだ。

喜色をあらわにする香樹に、しかし菊花は「でも」と続ける。

「その返事は、最終選考が終わってからさせてほしいの」

香樹の告白に今すぐ応えたいけれど、最終選考の裏事情を知らない宮女候補たちのことを蔑ろにはできない。

そんな菊花の気持ちを察したのだろう。香樹は微苦笑を浮かべ、うなずいた。

「……ああ、分かった」

「ありがとう、香樹。あなたの隣に正々堂々と立つために……私、頑張っておもてなしするわ」

「期待している」

香樹はそう言うと、ふっくらとした菊花の頬へ唇を押し当てた。

限りなく唇に近い場所に口づけられて、慌てふためく菊花は知らない。

まさか彼が、菊花が逃げようとするなら蛇の姿になって飲み込もうと思っていたなんて、夢にも思わないだろう。

蛇は臆病だが、独占欲が強い。

警戒心が強い分、懐に入れた者に執着するのだ。

奪う者に容赦なく、逃がすくらいなら丸呑みに。

蛇とは兎角、厄介な生き物なのである。

第五章

我が身を尽くして

最終選考、開始

正妃を決めるための最終選考当日。

講堂へ集められた宮女候補たちには、選考順と場所が告知された。

菊花は一番手、場所はもっとも入り口に近いところだ。

対する珠瑛は、一番最後。

もっとも入り口から遠い、けれど景色は最上級である薔薇園の近くになっている。

「最後って、どういうことですの⁉」

珠瑛は終始不機嫌だった。

分からなくもない。

最終選考は茶会で皇帝陛下をもてなすという内容。どんなに凝った料理を用意しようとも、おなかがいっぱいでは気を引くこともできないのだから。

しかし、この順番は変えられない。

この選考は黄一族を足止めするためのものなのだ。

黄家の屋敷から、蛇晶帝と皇太子を殺した毒草を見つける。

全てはそこから始まっているのだから。

「そうですわ！　珠瑛様が最後なんておかしいです。今すぐ交換を！」

取り巻きの紅葉がチラチラと視線を投げてくる。

菊花に交換を申し出ろと言いたいのだろう。

知らぬ顔をしていたら、珠瑛と紅葉とは別の方向からじとりと陰湿な視線を向けられた。

一体誰の視線だと振り返ると、取り巻きをやめたはずの桜桃が、むっすりと顔を歪めて菊花をにらみつけている。

(取り巻きに戻ったのかな？)

それにしては、妙である。

取り巻きに戻ったのなら、紅葉と一緒になって文句を言っているはずだ。ピーチクパーチク、珠瑛の両脇に並んで。

しかし、なぜか彼女はそうしていない。

(どうして……？)

だが、考える菊花を邪魔するように、説明を終えた落陽が意気揚々と銅鑼を鳴らす。

選考開始の合図に、宮女候補たちは我先にと講堂から出て行った。

後宮へ来たばかりの時の人数がそのまま残っていたら、人の雪崩が起きていたかもしれない。

それくらい、彼女たちの意気込みは凄まじかった。

「紅葉、行きますわよ」

「はい、珠瑛様」

さすが名家のお嬢様というべきか、珠瑛は急ぐそぶりも見せず、紅葉を伴って出て行く。

「あ、あの、珠瑛、様……」

話しかけようとした桜桃の隣をすり抜けて、珠瑛はわざと紅葉に話しかける。

まるで、桜桃なんてその場にいないみたいに。

「……っ」

桜桃は唇をギリギリ噛みしめながら、珠瑛の背に伸ばしかけた手をギュッと握る。

菊花の視線に気づいたのだろう。

桜桃は責めるような視線を菊花に向けると、早足で珠瑛たちのあとを追いかけていった。

講堂を出た宮女候補たちが、呼び寄せた一族とともにそれぞれの選考場所へ散っていく。

大がかりな舞台を作る者、美麗なやぐらを建てる者、一面を花畑にする者……さまざまな方法で、宮女候補とその一族たちは皇帝陛下を満足させようと必死である。

誰もが皇帝陛下の正妃になろうとあがいていた。

大勢の人が、それぞれの宮女候補が正妃になれるように尽力していた。

天涯孤独の身の上である菊花には、到底真似できないことだ。

(でも、私には仲間がいる)

父も母もいないが、菊花には信頼のおける友がいる。

「さぁ、菊花。まずは設営しようか」

「そうですよ。戌の国からすてきな調度品が届いていますからね」

弱気になりかけている菊花を励ましてくれるリリーベルと柚安。

菊花は満面の笑みを浮かべて、二人とともに選考会場へ足を向けた。


後宮の庭に紐が張られている。

どんな身分であろうと平等に審査できるよう、同じ広さにしているのだ。

あちこちから聞こえてくる人々の声。

一生懸命準備している宮女候補たちとその一族に対して、事情を知る菊花は心苦しさを覚える。

珠瑛たちと違い、彼女たちはなんの問題もないのだ。

(それなのに巻き込んでしまって……)

けれど、この選考の結果次第では宮女としてはもちろん、場合によっては縁談を斡旋《あっせん》することも考えていると蛇晶帝が言っていたので、なにもかも無駄になるわけではないのだろう。

菊花は気持ちを切り替えるように自身の頬をパンと叩くと、準備に取りかかった。

この一週間でぞくぞくと届いた戌の国からの贈り物は、素晴らしいものばかり。

木製の丸い卓に、曲木が美しい椅子。卓にかけられた布のレース模様がなんとも美しい。

リリーベル監修のもと、菊花は柚安と協力してそれらをせっせと配置していった。

異国の調度品は後宮の庭の雰囲気に合わないかもしれないという懸念もあったが、実際に置いてみたら意外にもしっくり馴染んでいる。

「うん。なかなか良いんじゃないか？」

「そうですね。僕も良いと思います」

「とてもすてきなアフタヌーンティーができそうだわ」

白を基調とした家具は、黒や朱を基調とした後宮の建物を背景にすると、とても映える。

三段重ねの皿を飾る茶菓子や茶道具を並べれば、さらに雰囲気は良くなるだろう。

リリーベルが仕立ててくれたドレスを着て、ここで香樹に給仕する。

それはとてもすてきな時間になるだろうと想像できた。

隣の宮女候補は、舞を披露するようだ。

与えられた区画の中央では、何人もの男が集まって小さな舞台を作っている。

彼らは大工だろうか。作る手つきに迷いがない。

「あちらは、紺《かん》家の令嬢ですね。林業が盛んな地域の出身だと聞き及んでいます」

菊花の視線に気がついた柚安がそっと教えてくれる。

「なるほど、それで……」

良い香りだ。

（これは……檜《ひのき》かしら）

心地よい香りに癒やされていた、その時だった。

「おいおいおい、嬢ちゃん。そんな貧相な会場で皇帝陛下がご満足なさると思うのか？」

「そうだ、そうだ。煌びやかなもてなしをしなくっちゃなあ？」

菊花のささやかな会場を見て、男たちは鼻で笑った。

たしかに菊花の会場は派手さがない。

しかし、皇帝陛下にふさわしい上質な家具や食器をそろえ、菊花らしい落ち着いた雰囲気が漂っている。

「派手ならば良いっていうわけじゃありませんから」

ムッとする菊花に、柚安は癒やし効果抜群の気の抜けた笑みを向ける。

ほわんと心が解れたところで、彼は「さぁ、菓子作りへ行ってください」と菊花を促した。

「でも、柚安」

不安そうに見つめる菊花の背を、柚安は激励を込めて叩く。

柚安はここを警備する役目を担っていた。

最終選考ともなれば、きっと妨害工作がある。それを見越しての配置だ。

「ここは僕にお任せください！」

そう言ってどんと胸を叩く柚安に、今度こそ菊花は走り出した。

うしろから駆けてきたリリーベルが、菊花の隣を爽やかに追い抜いていく。

リリーベルを見かけた宮女候補やその一族の女性はしばし作業の手を止め、見入った。

そんな彼女たちの熱視線に手を振って応えながら、リリーベルは菊花とは別の方向へ走っていく。

リリーベルはこれから最終選考の裏側で行われる作戦に同行する予定だ。

黄家の屋敷で毒草が見つかった場合、正しく判定できるのは彼女しかいないから。

戦地へ赴く友人を見送るような気持ちで、菊花はリリーベルの背中へ密かに声援を送った。

飛び込むようにして厨房へやって来た菊花を待っていたのは、腕輪ほどに小さくなった皇太子だった。

父である蛇晶帝は蛇であるにもかかわらず一部の人間と会話ができ、皇太子は体のサイズを自在に変えることができるらしい。

鎌首をもたげて警戒する彼に促され、菊花は周囲を見回して安全を確認してから、扉と窓をしっかりと施錠した。

「よし！」

いつどこで、なにをされるか分かったものではない。過剰なくらい用心せよと香樹から言い渡されている。

しっかりと厨房が密室になったことを確認してから、菊花はリリーベルから贈られた白い前掛《エプロン》けを身につけた。

戌の国では、フリルがついたエプロンは新婚夫婦のお嫁さんの定番らしい。

「まだ、嫁じゃないけどね」

照れ隠しに蛇の頭をチョンとつつくと、抗議するように舌をピルピルさせる。

笑って謝りながら、菊花は作業に取りかかった。

今回のアフタヌーンティーのメニューは、戌の国ではわりとよくある内容になっている。

胡瓜《キュウリ》をパンに挟んだサンドイッチに、クッキーやケーキ。スコーンにはジャムとクリームを添えて。

もともと食べることが好きな菊花だ。おいしいものを作ることも大好きである。

嬉しそうに鼻歌を歌いながら、菊花は手早く準備を進めていった。

今回作るものは、リリーベルが王妃である義母から教わったという王家伝統のレシピだ。

義母から嫁へと伝えられてきた、王族に嫁いできた女性にのみ伝えられる特別なもの。

それをなんと菊花は教えてもらうことができたのである。

なんて大盤振る舞いなのだろう。

こんなこと、通常ではありえない。

だが菊花は香樹が選んだ娘ということで、やすやすとレシピを教えてもらえたのだ。

リリーベル曰く、王妃は天涯孤独の身の上である菊花をすごく心配していて、最近届いた文には、「リリーベルが姉ならば、わたくしは母……はおこがましいので、おばと思って頼ってほしいわ」と伝えるよう書いてあったのだとか。

もっとも、さすがに隣国の王妃様をおば扱いするのは気が引けて、丁重に断ったのだけれど。

それでも王妃は、菊花になにかあれば後ろ盾になってくれるそうだ。

なんて、なんて、心強いことだろう。

リリーベルが言っていたように、獣人やその伴侶たちは菊花に優しい。

いつか恩返しをせねばと意気込む菊花に、リリーベルは「いらないよ」と笑って答えた。

「獣人に番が見つかることは喜ばしいことだ。中には一生見つからない場合もあるからね。それに、見つかったとしても思いが通じ合うかも分からない。だから、私たちは協力するのさ。愛する獣人たちが、悲しい思いをしなくて済むように」

「悲しい思いを、しないように……」

「そう難しく考えないで、菊花。そうだな……いつか、きみの力が必要になる時が来るかもしれない。その時は、私や義母《はは》がそうしたように、菊花も惜しみなく協力してあげてほしい。それが恩返しになる」

この時、リリーベルは菊花の隣でクツクツとジャムを煮ていた。

「私の時も、さまざまな人が助けてくれたのだよ」

言いながら微笑みを浮かべるリリーベルの頬は、ほんのりと色づいていて。

なんて綺麗な横顔なのだろうと菊花は思ったのだ。

きっとこれは、彼女が夫へと向ける顔。

菊花はそれ以上見るのは無粋だと思って、視線を鍋へ落とした。

赤い林檎は皮と一緒に煮ると、黄色の実が淡い赤色に染まってとても綺麗だ。

それに、林檎の赤は香樹の目を思い出させる。

だから菊花は迷いなく、スコーンへ添えるジャムを林檎にしたのだ。

「さぁて。思い出話をしている暇があったら、どんどん作っていかないとね！」

やることはいっぱいある。

なにしろ、パンを焼いたり、ジャムを煮たりするところから始めなくてはいけないのだ。

全部を手作りすることで、伝わる気持ちがあるはずだ――と菊花は思っている。

香樹の中で正妃になるのは菊花だと決まっているのだとしても。

やはり菊花としては全力で最終選考に臨みたいと思うのだ。

（正々堂々戦って、黄珠瑛に勝つ！）

菊花の気持ちは、きっと香樹に十分伝わるはずだ。

自分ができる精一杯で香樹をもてなそう。

冷たい横顔がとろける瞬間を想像して、菊花はむん！と気合いを入れた。

サンドイッチに、クッキーやケーキ。スコーンには林檎のジャムとクリーム。

ようやく完成した品々を前にして、菊花は仁王立ちで得意げにうなずいた。

「これは……最高の出来だわ！」

焼き上がった菓子を会場へ運んで、三段重ねの皿に並べ、紅茶を準備したら完成である。

その時、遠くで銅羅の音が響いた。準備時間終了まであと半刻、という合図である。

「いけない！　そろそろ着替えをしないと間に合わないわ」

でき上がった料理を持ち運びできるように箱へ入れる。

毒なんて入れられたらたまったものではないから、着替えの時だって手放したくない。

倒さないように気をつけながら、菊花は箱を持ち上げようとした――のだが。

コンコンコン。

施錠していた厨房の扉が叩かれた。

調理台の上にいた蛇がするりと身を潜める。

「菊花様？　そこにいらっしゃるのでしょう？」

聞こえてきたのは、桜桃の声だった。

（どうして桜桃がここへ……？）

答えを求めるように、菊花は蛇を見る。

蛇は心当たりなどないと言うように、緩く頭を左右に振った。

身構える菊花の気配を察したのか、少しの間をあけて桜桃が再び声をかけてくる。

「あの……私、あなたに謝りたくてここまで来たの。だって私はあなたに随分と嫌なことをしていたでしょう？　きっと私は宮女にも正妃にも選ばれることはないから……だからせめて、悔いだけは残さないように……謝る機会をもらいたいの」

桜桃は涙声だった。

彼女が心から反省しているように思えて、菊花は扉へ近づく。

「私のわがままだって分かっているわ。でも、お願い。そうしないと私……。私ね、妃に選ばれなかったら、別の人と結婚することが決まっているの。相手はすごく年上で、私は後妻。お金には苦労しないだろうけれど、幸せとは言い難い生活を送ることになると思うわ。だからせめて、あなたのことだけはきちんと終わりにして気持ちよく嫁ぎたいの。お願い、菊花様。私に機会をちょうだい」

桜桃はしゃくり上げながら、そう言った。

聞いている菊花の胸が締めつけられるような、せつない声。

だから菊花はつい絆されて——扉を、開けてしまった。

「桜桃様」

しかし、開いた扉の先にいた桜桃は、目に涙なんて浮かべていなかった。

菊花を見るなり、「やっと出てきた」と吐き捨てるように言い、無機質な硝子玉のような目でにらみつけてくる。

「えっ……」

「遅いのよ、あなた。さっさと出てきてくださる？　私だって暇じゃないの」

「泣き真似っ……⁉」

菊花は反射的に身を翻した。

さっと視線を巡らせるも、うしろは厨房で、外へ逃げる道は窓しかない。

調理台の上に置きっぱなしになっていた片手鍋を掴んで、なんとか武器を確保する。

けれど、そんなのは無駄なあがきだった。

桜桃のうしろから現れた男に腕を掴まれ、床へ引き倒される。

動けないようにするためか、男は菊花の背中に膝で乗り上げた。

「うぅっ！」

逃げようともがく菊花の前に、桜桃がしゃがみ込む。

桜桃は持っていた香炉を菊花の前に置いた。

なにを焚いているのか知らないが、煙が立ちのぼっている。

気持ち悪いくらい甘ったるいにおいが菊花の鼻先を掠めた。

「これ、は……」

嫌な予感しかしなくて、菊花はにおいを嗅がないように顔を背けた。

だが、男が背を押さえつけてくるせいで胸が苦しく、耐えきれずに吸ってしまう。

甘いにおいが、意識を奪い去っていく。

意識が朦朧《もうろう》とする菊花に、桜桃は楽しげにささやいた。

「あなたを捕まえて引き渡したら、蘭瑛様が私を後宮に残してくださるのですって」

（うそよ）

重苦しくて、口を開くこともできない。

霞む視界に桜桃を探すが、見つからなかった。

「後宮に残れればこっちのもの。珠瑛様が正妃だとしても、陛下の子を身籠もれば……私にだって好機はある」

愉快そうな桜桃の声が、ぐわんぐわんと頭の奥に響く。

足首に絡むヒヤリとした感触を最後に、菊花の意識は底へ底へと沈んでいった。

絶体絶命の苦境

「……っ！」

プツンと肌を刺す痛みに、菊花は目を覚ました。

痛みはすぐに広がって、じわじわと熱を帯びる。

(な、に？)

ぼんやりとした意識の中、菊花は痛みを覚えた腕をさすろうと手を動かした——が、動かない。

霞む視界に何度もまばたきをしながら、ゆっくりと体を見下ろした。

椅子に座る下半身。

椅子に括りつけられた、手足。

だんだんと意識を失う直前の記憶がよみがえってきて、菊花は唇を噛んだ。

(私、桜桃に騙されたんだ)

桜桃が切々と訴えるものだから、かわいそうに思って扉を開けてしまったのだ。

その後、彼女のうしろに控えていた男に引き倒されて、怪しい香を嗅がされた。

あれはたぶん、意識を混濁させる香なのだろう。

鼻の奥にはまだ甘ったるいにおいが残っていて、気を抜くと嘔吐《えず》いてしまいそうだ。

（この程度で済んだのは、毒耐性をつける訓練のおかげかしら）

提案してくれた登月と柚安、付き合ってくれたリリーベルに感謝だ。

（それにしても、ここはどこだろう？）

菊花は焦点の合わない目を凝らして、周囲を見回した。

華やかな部屋だ。

壁には絵が描かれていて、朱塗りの柱も磨き抜かれている。

見える範囲にある調度品はどれも高価そうだった。

（ここはたぶん、まだ後宮の中）

身じろぎするような微かな音を聞いて、菊花は視線を動かす。

壁を背に置かれた椅子に、一人の男が腰かけていた。

ほっそりと痩せこけた体に、不似合いなくらい上等そうな服。黒い髪には白髪が交じり、男が壮年であることが窺い知れる。

ぼやけた視界で子細までは分からないが、神経質そうな雰囲気を持つ男である。

（たしか桜桃は私の身柄を蘭瑛に引き渡すと言っていたわ）

もしや、この男が蘭瑛なのだろうか。

親子ならば珠瑛と似た部分があるはずだと観察してみたが、今の菊花には共通点を見つけることさえ難しい。

互いに無言のまま、探り合うような時間が過ぎていく。

菊花は耐えきれなくなって、口を開いた。

「……、……？」

菊花は驚いた。声を出そうとしているのに、ヒュウヒュウと息しか出てこない。

彼女の喉は声の出し方を忘れてしまったかのように機能していなかった。

（どうして？）

ハクハクと唇を震わせる菊花に、男はニヤリと笑う。

「どうしてと思っているのだろう？　答えは簡単だ。私がおまえの声を奪ってやったからだよ」

男は立ち上がると、ゆらりゆらりとおぼつかない足取りで菊花の前へ歩いてきた。

その様はまるで、川縁に植えられた柳の木のよう。

男は菊花のそばまで近づくと、乱暴に彼女の髪を一房掴み上げた。

「……！」

ブチブチと音がして、何本かの髪が千切れる。

声が出ていたら「痛い、離して！」と叫んでいたに違いない。

菊花は痛みに顔をしかめながら、涙目で男をにらみつけた。

「おお、怖い怖い。さすが蛇を手なずけるだけはある。この状況でそんな反抗的な態度が取れるとは、お見それするよ。なんて愚かな娘だ。声を使えなくしておいて正解だったな。きっとうるさく騒いでいたに違いない」

私は女の甲高い声が嫌いなのだ。

そう言って男は、水たまりの中でふやけた蚯蚓《ミミズ》の死骸を見るような目で菊花を見た。

自分から髪を掴んできたくせに、急に汚らわしく思ったのか、菊花の髪を投げ捨てて、懐から取り出した手巾で手を拭う。

「ところで、娘。おまえは知っているか？　夾蓮花《きょうれんか》という植物には毒があってな。それを摂取すると、どうなると思う？」

（夾蓮花）

蓮の花によく似た綺麗な花だが、毒がある。

その効果は、体温の上昇。異常なくらいに体温を上げて死に至らせる。

だが時に、薬として使われることもあった。

薬として使われる場合、霜焼けに効果があるとされている。

リリーベルの研究室で、菊花はさまざまな毒や薬に触れた。

そのおかげで、夾蓮花の効果も十分すぎるくらい理解している。

先ほどのプツリと刺されたような感覚は、まさかそれを注射されたのだろうか。

菊花は信じられないような思いで目の前の男をにらみ続けた。

「夾蓮花を摂取すると、体温が上がる」

そんなことは重々知っている。

たかが田舎娘と舐めないでもらいたい。これでも、宮女候補として最終選考に残っているのだから。

だが、物言えぬ菊花のことを馬鹿だと思っている男は、意気揚々と冥土の土産にと聞かせてくる。

菊花はぎゅっと鼻に皺を寄せた。

威嚇する野良犬のようだ、と男は薄ら笑う。

「人はな、体温が許容限界を超えると六刻ほどで死に至る危険性が高くなり、さらにもっと高温になると、短時間でも回復できなくなる。ふぅむ。おまえには少々難しい話だったな。つまり、だ。馬鹿なおまえにも分かるように説明すると……」

男の唇が奇妙に引き攣れる。

気持ち悪さに、菊花は本能的に身を引いた。

「おまえは、ここで毒殺される。私の手によって、な」

男の手から注射器がスルリと落ちた。

硬い石の床の上に落ちたそれが、割れて四方に飛び散る。

自覚させられたせいなのか、菊花は自分の体が信じられないくらい熱くなるのを感じた。

風邪をひいた時以上に、熱くてたまらない。

(ああ、これは……)

今まで何度か死ぬかもしれないと思った菊花だったが、今度こそ本当に死ぬのだと思った。

(動いたら、早く毒が回る。おとなしくしていたら、少しは長く生きられるはず)

悪あがきでも、なんでも。

菊花がただおとなしく死を受け入れたわけではないという証を、香樹に残したかった。

選考会場に菊花が戻らなければ、柚安が探してくれるはずだ。

幸い、菊花の順番は一番目。彼女の不在はすぐに香樹も知るところとなるだろう。

怖いけれど、耐える以外にどうすることもできない。

菊花のこめかみを汗が伝う。

それは毒による熱のせいなのか、恐怖によるものなのか。

もっと早く、より多くの毒に耐性をつけていれば。そう思っても、もう遅い。

不幸なことに、菊花はまだ夾蓮花の毒の耐性がなかった。

「死ぬのが怖いか？　大丈夫だ、一人では死なせない。もう一人道連れを用意しているからな。ん？　誰かって？　おまえと一緒に死にたがるやつなんて、一人しかいまいよ」

男は笑う。それはそれは、楽しそうに。

言っている内容と表情がちくはぐで、それがとても恐ろしい。

一体誰が、連れて来られるのだろう。

震える菊花のうしろで、扉が開く音がした。

「お連れしましたわ」

菊花の隣へ、なにかが突き飛ばされた。綺麗に磨かれた床の上に、銀糸が散らばる。

否、銀糸ではない。サラサラと流れるように散らばるのは、髪の毛だ。それも、菊花がよく知る人物の。

(香樹……！)

文字通り声にならない叫びを上げて、菊花は身を捩った。

椅子に括りつけられているせいで、床に転がされている香樹の状態がよく分からない。

毒が回ることも厭わずに必死になってガタガタと椅子を揺らしていると、背後から「うるさいわよ」と不機嫌な声で窘められた。

(香樹、香樹、香樹……！)

菊花はぴくっと肩を震わせて、そして静かに顔を上げた。

「黄家自慢の媚薬にも屈しないなんて。毒に慣れた体というのは本当に厄介ですわね」

カツカツ、と足音が近づく。

床に転がされた香樹の横を通り、男の隣で彼女——珠瑛は止まった。

「媚薬も効かぬか。ならば、仕方あるまい。やはり当初の予定通り、この二人には死んでもらい、おまえには新しい皇帝の正妃になってもらう」

「そうしましょう、お父様」

お父様、と珠瑛はたしかに言った。

目の前にいる男はやはり蘭瑛だったのだ。

（こいつが……！）

煮えたぎるような激情が、わっと沸き上がる。

しかし、すぐに理性を取り戻した。

菊花を呼び戻したのは、足元に転がされている香樹の存在だ。

床に転がされたままの香樹は、浅く息はしているものの身動き一つしない。

体を丸めて、まるで冬眠中の蛇のようにピクリとも動かないのだ。

（香樹！）

どうにか近くに寄りたくて、菊花は椅子ごと体を揺らす。

ガタガタと椅子を揺らし続けていたら、弾みで床に転がった。

格好悪かろうがなんだろうが、気にもならない。

菊花は床を這いずり、懸命に香樹の安否を確かめようとした。

芋虫みたいに床を這って香樹のもとへ行こうとする菊花を、黄父娘は目を弓なりに細めてあざ笑う。

「なぁに、心配することはない。次の皇帝はもう決めてある」

「あら、どなたですの？」

「先帝の妹御が産んだ男が、兎の国にいるのだ。銀の髪に青の目を持つらしい。異国の人形のように、かわいらしい顔立ちをしているそうだ。おまえもきっと気に入るだろう」

「まぁ。いじめ甲斐がある方だと良いのですが」

「呼び寄せる手筈《てはず》は既に整っておる。おまえはただ、待っているだけで良い」

珠瑛の髪を撫でながら、蘭瑛はうっとりと語った。

まるで異国から愛玩動物を取り寄せるかのような物言いに、虫唾が走る。

珠瑛は意地の悪い笑みを浮かべ、床に這いつくばる菊花と香樹を見下ろしてきた。

「では、菊花さんは正妃に選ばれなかったことを苦にして無理心中を図り、恐れ多くも皇帝陛下を毒殺。そしてその後、服毒自殺……。筋書きは、こちらでよろしいでしょうか？」

「ああ、そうだ。既に娘のほうには夾蓮花の毒を注射してある。ほら、見てみろ、あの真っ赤な顔を。じきに意識が混濁し、脳が破壊され、死んでいくだろうよ。それで？　珠瑛、おまえのほうはどうなのだ？」

「滞りなく。香樹様には白梅草の毒を飲ませてありますわ。毒蛇ですら死に至る、特別な毒。眠るように死ぬなんて、ちょっとつまらないですけれど」

少しくらい苦しんだほうが面白いですわ。

そう言って、珠瑛は真っ赤な唇を歪めた。

（この二人は……人として終わっているわ）

「そう言うな。蛇神の血を引く皇族をも殺す毒など、そうそう作れぬ。白梅草とて、何十年も研究してようやく完成したのだぞ」

「皇族しか殺せないなんて、つまらない毒ですわ。もがき苦しんで、苦しんで、苦しんで、死ぬほうが幸せだと思うくらいが面白いのですよ？　ああ、嫌ですわ。また殺したくなってきてしまいました」

中毒症状のある患者のように手を震わせる珠瑛。

そんな彼女を、蘭瑛は慈愛に満ちた目で見つめた。

「仕方のない子だなぁ。じわじわと殺してやるつもりだったが、予定変更だ。珠瑛、とっておきの話をしてやろう。実はな、この部屋はもともと拷問部屋だったのだ。仕掛けが発動すると、毒の霧が部屋に充満する。皇族は殺せないが、もう一人は……見るも無残な死体になる」

「まぁ、すてき！　でもお父様。一気に殺してしまってよろしいのですか？　お父様の破壊衝動は、皇族が死ぬことで落ち着かれますのに」

「構わぬ。その時はその時だ。どうにもならない時は、そこいらの人間を適当に選んで気分転換させてもらえば良い」

黄父娘は、まるで雑談をするように笑い声を上げながら話し続ける。

信じられない話ばかりで、菊花は夢を見ているのではないかと自身を疑いたくなった。

（だけど、これは現実）

どうにかして現状を打破しないといけない。

唇を噛みしめ、菊花は熱に耐えながら考える。

（たとえ私が死んでしまったとしても。せめて香樹だけは、生き延びてもらわないといけない）

なにか、なにかないだろうか。

必死になって周囲を観察する菊花の目に映ったのは、自分の足首に巻きついてじっとしている蛇の姿。

（黄家で作られた白梅草の毒で亡くなったであろう、香樹のお兄さん。彼ならもしかして……）

ある可能性を見い出して、菊花の目が輝く。

その時、微かに足音が聞こえてきた。

近くなったり、遠くなったり、誰かを探しているような声も聞こえてくる。

「おっと、もうこんな近くまで探しに来たか。では珠瑛、私たちも陛下を探しに行くとしよう」

「そうですね、お父様。ねぇ、菊花さん。死にざまを観察できないのは残念ですけれど、せめて最期くらいは二人きりにしてあげますわ。慈悲深いわたくしに感謝なさい？　お礼は、ちゃんと死んでくださるだけでいいわ。では、ごきげんよう。あの世でお幸せに」

まるで結婚した二人を祝福するような口ぶりで、珠瑛はクスクスと笑った。

その顔はとびきり美しくて、とびきり醜悪である。

珠瑛と連れ立って、蘭瑛は部屋を出て行った。

扉が閉まった途端、カチリとなにかがはまる音がする。

それからすぐに、カラカラカラと歯車が回る不気味な音が聞こえ出し、蘭瑛が言っていた仕掛けとやらが動き出した。

なにかが始まる。

不気味なカラクリ音は、まるで菊花の命の残り時間を数える悪鬼《あっき》の声のよう。

絶望に目の前が真っ暗になりそうだ。

それでも菊花は香樹だけでも助けなければと、打開策を求めて耳をすませる。

扉の向こうから大勢の話し声が聞こえてきた。

「蘭瑛様！　陛下は……」

「こちらにはいないようだ」

「そうですか」

「ええ。あちこち見てきましたが、陛下はいらっしゃいませんでしたわ。別の所へ行っているのかもしれません」

助けてと叫べたら、どんなに良かったか。

身じろぎして物音を立てようとしても、微かな音が響くだけ。

菊花の努力はむなしく、大勢の声は足音とともに遠ざかって行ってしまった。

(どうしよう。どうしたらいいの？)

必死に頭を働かせる菊花の傍ら。

まるで人の気配が遠ざかるのを待っていたかのように、香樹はむくりと体を起こした。

「菊花、大丈夫か？」

毒のせいでしゃべることができない菊花は、驚きに目を見開きながら香樹の問いかけにコクコクとうなずく。

香樹の顔色は今まで見たことがないくらいに蒼白で、再会したあの日以上にひどい顔色だった。

香樹の体温は今、ひどく低いのではないだろうか。

(蘭瑛たちは眠るように死ぬって言ってた。それってつまり、凍死ってこと!?)

不安そうに見つめてくる菊花に、香樹は「心配するな」と笑う。

だがその顔はどう見てもはかなげで、今にも消えてしまいそうな危うさがあった。

(香樹のほうこそ、大丈夫なの？)

声をかけられないことが、もどかしくて仕方がない。

話せない代わりに目で訴える菊花の前で香樹は隠し持っていた小刀を取り出すと、彼女を拘束する縄を切り始める。

はらりと解けた縄を払い除けると、香樹は菊花を掻き抱いた。

「ああ、菊花……怖い思いをさせたな」

香樹の胸に押しつけられるように強く抱きしめられて、彼のにおいに包まれた菊花はようやくホッと息を吐いた。

もう随分と慣れ親しんだ彼のにおいが、菊花の焦りを和らげる。

ぐずる子どものように香樹の胸に顔を押しつけて、菊花はしゃべれない代わりにぎゅっと彼を抱きしめ返した。

「良かった、間に合って。おまえがいなくなったと聞いて、どうしようかと思ったぞ」

お互い毒のせいで体温がおかしくなっているからだろうか。

香樹の体は信じられないくらい冷たかった。

皇帝陛下のあたため係として、初めて呼ばれたあの日よりも冷たく感じる。

ひんやりとした肌は火照る菊花の肌から熱を奪うのに、それでもあたたまる気配はない。

(本当に大丈夫なの？　だってあなた、白梅草の毒を飲まされたのでしょう？)

問いかけられない代わりに、菊花は抱きついていた手で香樹の背を叩く。

「声を出せないように毒を使われたのだな」

いたわるように香樹はより一層強く菊花を抱きしめてくる——と、そこで菊花は香樹の体がカタカタと小刻みに震えていることに気がついた。

寒くてたまらないのか、縋るように菊花に身を寄せてくる。

いつもだったらすぐに体温を分かち合えるのに。

（どうしてあたたかくならないの……？）
じわじわと香樹の体から力が抜けていく。
彼を支えながら、菊花は必死に抱きしめた。
（香樹、香樹！）
「眠い、な……」
あらがいきれない眠気に、とうとう香樹は目を閉じた。
（香樹。お願い、起きて。香樹！）
揺すっても叩いても、香樹は目を開かない。
気持ちばかり焦る。

――滞りなく。香樹様には白梅草の毒を飲ませてありますわ。毒蛇ですら死に至る、特別な毒……。眠るように死ぬなんて、ちょっとつまらないですけれど。

まるで、期待していた玩具が予想していたほど面白くなかった子どものように。
珠瑛は残酷なことを平然と吐き捨てながら、心底つまらなそうな顔をしていた。
蛇晶帝や皇太子を殺したという、毒。
それを香樹にも飲ませたというのなら――。

（あなたにしか、できないわ！）

もはや安全性など構っていられない。

効果のほどを試す時間もない。

可能性はゼロではないと自らに言い聞かせながら、菊花は動いた。

足首に巻きついていた蛇をむんずと掴むと、香樹の腕にその口を持っていく。

蛇は心得たとばかりに、大きく口を開いてガブリと腕に噛みついた。

黄家の白梅草の毒で死んだ、蛇晶帝の体から採取した血液から毒を特定できたのなら、同じ毒で亡くなった兄には抗体があるのではないかと菊花は考えたのだ。

とんでもない荒療治だと思う。

しかしこのまま死を待つくらいなら、最後まであらがってやりたかった。

祈るように待つ間も、部屋の仕掛けは止まらない。

床の一部がぐるりと回転して、筒状のものが上を向く。小さな煙突のようなそれから、シュウシュウと煙が流れ始めた。

煙はおそらく気化した毒だろう。不安を煽るためか、紫色に着色されている。

最期を悟った菊花は、香樹の顔を目に焼きつけるように彼を見つめた。

（もう、あなたをあたためることもできなくなるのね）

菊花はぎゅっと香樹を抱きしめた。

覚悟を決めたせいだろうか。今までの思い出が走馬灯のように浮かんでは消えていく。

そんな中ふと、藍先生から聞いた話を菊花は思い出した。

(このタイミングで思い出すなんて、天啓かしら)

あるいは、菊花が死ぬ前にしておきたいことだったのかもしれない。

(男の人の体温を上げる、もっとも効率がいい方法。それは房中術だと藍先生はおっしゃっていたわ)

菊花の喉がゴキュンと鳴る。

覚悟を決めた彼女は、眠っているように静かな香樹の唇に、ゆっくりと唇を寄せていった。

ドキドキと胸が早鐘を打つ。

心臓が、口から飛び出そうなくらいだった。

もうすぐ出る、今すぐ出る！というところでようやく、唇が目的地に到達する。

少し的は外したが、唇の端に口づけることに成功した。

「ふふ、やわらかい。大好きよ、香樹……」

菊花は満足そうな笑みを浮かべ、コトリと倒れ伏した。

◇◇◇◇

ふっと意識が浮上する。

目を覚ました香樹は、傍らで倒れ伏している菊花を見て青ざめた。

「菊花！」

抱き起こし、息を確かめる。

微かに上下する胸に安心したのもつかの間、周囲を見回し状況を把握した香樹は、このままでは菊花が危ないと慌てて抱き上げた。

「菊花、しっかりしろ。頼むから、私を一人にするな」

ぺちぺちと軽く頬を叩くも、菊花の意識が回復する兆しはない。

香樹はらしくもなく焦った表情を浮かべながら、唇を噛みしめた。

彼女とともに生きる。

そう決意してからずっと封じてきた弱い自分が顔を出す。

だが、それでもいい。弱くてもなんでも、菊花と無事に生きられさえすれば。

幸い、拷問部屋のことはにわかの蘭瑛よりも、ずっと詳しく知っていた。

この部屋は、毒で満たされてから一定時間が経過しないと扉が開かないようになっている。

使用される毒は非常に特殊で、ある一定の高さまでしか部屋を満たさない。

極端に背の高い者、あるいはなにかに登って天井に近づけば、助かる仕組みになっているのだ。

香樹はすぐさま菊花を担ぎ上げると、椅子に上がった。

菊花の顔が天井近くにいくよう、できる限り持ち上げる。

「もう少しの辛抱だからな、菊花」

「ん……」

宥めるように背中を撫でると、微かな反応が返ってくる。

自らへ言い聞かせるように菊花へ激励の言葉をかけながら、香樹は部屋の扉が開錠されるのを待った。

「柚安なら合図に気がつくはずだ」

待つだけしかできない自分が歯がゆかった。

万全を期したつもりだったのに、この体たらく。

いっそのこと死んでしまいたいくらいだったが、菊花だけは死なせたくない。

「菊花……私はおまえがいない世界でなど、生きていたくもない。だから頼む、生きてくれ」

香樹は菊花の無事だけを祈りながら、永遠にも思える時間を耐えた。


どれくらい、そうしていただろう。

やがて仕掛けは毒を吐き終え、煙は霧が晴れるように消え去っていく。

毒の気配が遠のくと、カチリと施錠が解かれる音がした。

見計らったかのように、柚安が入室してくる。

「やれやれ、やっとか。って、陛下……意外と元気そうですね？」

「菊花のおかげでな。兄が持つ抗体で白梅草の毒を中和させたようだ」

腕に残る蛇の噛みあとを見せながら、香樹は言った。

「へぇ……やりますね」

とはいえ、このような方法は褒められたものではない。

毒を持つ白一族だったから、どうにかなっただけだ。

あとで菊花に注意しておかなければとつぶやく柚安をひとにらみで黙らせ、香樹は心配そうに菊花を見つめた。

「それより、菊花は夾蓮花の毒を注射されたようだ。中和剤はあるか？」

「もちろん、ご用意していますよ」

柚安はすばやく準備を整えると、慣れた手つきで菊花に中和剤を注射した。

おそらく数日は寝込むでしょうと告げながら、道具を片づける。

「それで、そちらはどうなった？」

香樹は床へあぐらをかくと、股の間に菊花を座らせながら柚安を見た。

その様は、命の次に大事にしているおもちゃを取られそうになっている子どものようで、柚安はひょいと肩をすくめる。

「そんなに警戒しなくても、菊花様を取ったりしないって。僕にはこわくてかわいい妻がいますから。……で、こっちの話ですが。問題なく片づきましたよ。黄蘭瑛、並びに娘の珠瑛はすでに捕らえて牢にぶち込み済み。朱紅葉と緑桜桃もね」

「リリーベルのほうは？」

「黄家屋敷の地下より、白梅草を見つけたとのこと。確認したところ、皇族殺害に使用された毒と完全に一致」

「そうか」

「黄家屋敷は今頃、火だるまですよ。地下で栽培していた白梅草や証拠を消すべく、使用人があちこちで火を放ちました」

地下で放たれた火は上へ上へとのぼっていき、黄家の屋敷を飲み込んだという。

「証拠隠滅を図ったか」

「でしょうね。でも、問題ない。証拠は全て持ち出しましたから」

全て、あなたの望むままに。

そう言って柚安は胸に手を当て仰々しく頭を下げた。

「そうか」

香樹は菊花の乱れた髪を撫でつけながら、どこを見るでもなく視線をさまよわせていた。

その顔は、安心したような、しかし寂しそうな表情をしている。

蘭瑛と珠瑛は捕まり、屋敷は燃やされた。

これからどうなるのか。

皇族を殺すなど大罪だ。

法に則るのならば、主犯は処刑。

一族は財産を奪われ、大小の違いはあれど肉刑に処される。

近い未来、菊花は少なからず心を痛めるだろう。最終選考で真っ向勝負ができなかった宮女候補たちに同情するような彼女だから。

そのことを思うと、香樹は少しだけ胸が苦しくなるのだった。

◇◇◇◇

その後、菊花と香樹はそれぞれの部屋へ運ばれた。

といっても、香樹が菊花と離れたくないと年甲斐もなく駄々をこねたため、折衷案《せっちゅうあん》で菊花の部屋が香樹の部屋の隣に移されたのだが。

夾蓮花の毒の影響で、菊花は三日三晩寝込んだ。

声帯を使えなくする毒もリリーベルが薬で中和してくれたが、こちらも効果が出るまでしばらくかかるらしい。

その間の香樹はといえば、リリーベルが呆れるくらいの強靭《きょうじん》さで、翌日には菊花の看病を自らするくらいまで回復していた。

菊花が施した一か八かの早期治療が功を奏したのもあるのだろう。

表向きは療養とされているが、実際にはちっとも休んでいない。

四六時中菊花のそばにいて、寝込む彼女を甲斐甲斐しく世話している。

とはいえ、香樹は看病などしたこともない。

汗を拭う布は水を絞りきれずにビチャビチャだったし、服を着せ替えるのも四苦八苦。

見かねた宦官が手を出そうものなら蛇のごとく威嚇し、失神する者が続出することとなった。

慣れない手つきで懸命に菊花になにかしてやろうとする姿は滑稽だ。

だが、愛に満ちている。

「まるで子どもみたいに無邪気に笑うねぇ」

「あの御方も、あどけない顔をするのですね」

扉の隙間からこっそりとその様子を窺っていたリリーベルと登月は、同じタイミングでそれぞれつぶやいて、苦笑いを浮かべながら互いに顔を見合わせた。

扉の向こうでは、ドンガラガッシャンとなにかをひっくり返した音がしている。

それから、謝る香樹の声と、まだ本調子ではない菊花の掠れた笑い声も。

心の中で「陛下、がんばれ」と声援を送りながら、二人はそっと扉を閉めた。

廊下に出ると、騒がしい音が聞こえてくる。

後宮をあとにする、宮女候補たちが里帰りの準備をしているのだ。

「なぁ、登月」

「なんですか、リリーベル様」

「私は夫に会いたくなってしまったよ」

「では、そろそろお帰りになるのですか？」

「そうだね。かわいい妹の声が戻るまではと思っていたけれど、仲睦まじい二人を見ていたら、無性に会いたくなってしまってね。もうだいぶ回復しているし、私も役目を終えた。そろそろ良い頃合いかとも思っている」

延々と続く廊下の先を見つめながら、リリーベルは言った。

登月は相変わらずなにを考えているのか分からない顔で、しれっと答える。

「寂しくなりますね」

「それは本心かい？　ちっとも感情がこもっていないけれど」

「ええ。寂しくなるのは菊花ですから」

それなら納得だとリリーベルはカラカラと笑い、遠い戌の国のほうを見つめて愛おしげに夫の名をつぶやいた。

まもなく、ここは取り壊される。

蛇晶帝の後宮が解体されることで、蛇香帝の新たな後宮が完成するのだ。

第六章　あたため係のあるべき姿

黄蘭瑛、並びに娘の珠瑛は、先帝と皇太子の殺害と現皇帝殺害未遂、さらには毒の実験と称して数多の罪なき人を殺害した罪により、斬首の刑が下された。

しかし、あまりにも多い罪の数と、当人たちに反省の色が全く見られないことから、それだけでは償いきれないとされ、本来はどんな者であろうと死者は埋葬するのが巳の国の風習であるにもかかわらず、遺体は埋葬されることなく山奥へ打ち捨てられた。

黄一族は、全財産を没収。

大小の違いはあれど、肉刑に処された。

また、黄一族に加担していた朱一族と緑一族は肉刑を免れたものの、財産の半分以上を没収。実質、没落である。

朱紅葉は、皇帝殺害に加担した罪で終身刑。

緑桜桃は、宮女候補である菊花を拐《かどわ》かした罪で懲役十年。

現在は、紫詠明と同じく貴族用の牢獄の中である。

刑期を終えて外へ出られたとしても、もう以前のような華やかな生活には戻れない。泥水をすするような人生が待っているだろう。

のちに、この一連の事件は物語として語り継がれることとなる。

正妃になるために手段を厭わない残忍な娘が、毒を使って邪魔者を消していくという背筋の凍るような話として。

これら刑の全ては、菊花は知らないことになっている。

思いのほか過保護な香樹が彼女から遠ざけたためだ。

(でも、それでは私があなたを守れない)

菊花は守られるだけのか弱いお姫様ではない。

野を駆け、野草を摘み、時に猪から逃げ果《おお》せる。

なにもない田舎で生き抜ける、たくましい少女なのだ。

(たとえあなたが私を守るために皇帝陛下になったのだとしても。私は守られるだけなんてまっぴらごめんよ)

香樹が菊花を守るなら、菊花は香樹を守ろう。

彼を守り、ともに生きていくためならば、どんなことも受け入れる。努力してみせる。

だってそうしないと、香樹は菊花を守るためになにをしでかすか分かったものではないのだ。

現に菊花が攫われた時、探すのにもっとも手っ取り早いのが毒を飲むことだったという理由で、彼は珠瑛が出した茶を毒入りと分かっていながら飲んだらしい。

(お兄さんの抗体が効かなかったら……)

考えるだけで、心臓が止まりそうになる。

菊花はぎゅっと胸元を握りしめた。

「——教えてくれてありがとう、柚安」

「いえいえ。こちらも仕事なので」

宦官の柚安は、もういない。

今、菊花の目の前にいるのは、密偵の柚安である。

日焼けをして色褪せた黒髪に、青い目をした痩身の青年。それが本来の彼の姿らしい。

柚安は香樹の命により、菊花の護衛兼密偵として宦官になりすまして後宮に入っていた。

本来、後宮には皇帝陛下以外の男は宦官しかいられないが、香樹が信頼できる人物であることと、そして柚安が恐妻家であることで、今回は特例として許可されていたそうだ。

「僕が教えたって陛下には言わんでくださいよ？」

「言わないわ。教えてくれてありがとうね、柚安」

菊花の言葉に、柚安はひょいっと肩をすくめた。どういたしまして、と言うように。

「でも、お礼はそれで良かったの？」

柚安は穴蔵から出てきた野兎のように、びくっと部屋の外を気にかける。

「ええ、十分ですよ。毎晩飲んでいたせいで、すっかり習慣づいてしまいまして。毎日飲まないとどうにも調子が出ない。正妃自ら淹れた茶なんて、そうそう飲めるものでもないですしね。情報料はこれで結構です」

茶杯をクイッと傾けて茶を飲み干し、軽やかな足取りで窓へ向かった柚安は、外へ身を乗り出しながら振り返って言った。

「では、そろそろ陛下が来るみたいなんで僕は行くとします。またなにかありましたら遠慮なく呼んでください」

「ええ、分かったわ。茶飲み友達がいなくて寂しくなったら呼ばせてもらう」

「その際は、女官の花林《かりん》に言付けを」

「ふふ。あなたの奥さんにね？　分かった」

不意打ちのように私事を出されて、柚安の密偵としての仮面が剥がれかける。

「〜〜！　では、失礼いたします」

クスクスと笑う菊花に、柚安はバツが悪そうに唇を尖らせて去っていった。


ほどなくして、女官が「皇帝陛下のおなりです」と告げてくる。

長椅子から立ち上がった菊花は、部屋の入り口へ歩いて行く。

扉が開かれ、待ちかねたようにそわそわしている香樹に声をかけた。

「お待たせいたしました」

「ああ。こちらへおいで、菊花」

優しい声が名前を呼ぶ。

くすぐったそうに微笑んで、菊花は差し出された手を取った。

あたたかな日差しの下を、手に手を取って歩き行く。

日に照らされて、白銀色の髪が光り輝いていた。

菊花はまぶしそうにそれを見上げる。

煮詰めた蜜のように甘い視線。

菊花の唇が、彼を求めてむずむずしてくる。

宮女候補として後宮へやって来てから、約一年。

まさかこんな日が来ようとは誰が思っただろうか。

ただの田舎娘でしかなかった少女、菊花。

最終選考は黄家の騒ぎでうやむやになってしまったが、香樹が「最終選考中、黄家に狙われた自分を身を挺して助けてくれた」と菊花を評価したことで、彼女は正式に、蛇香帝の正妃――香樹の妻となった。

といっても、大々的なお披露目はまだ先である。

今日はこれから引っ越しをするのだ。

菊花の少ない持ち物は既に運ばれ、あとは彼女が移り住むだけとなっている。

花弁が敷き詰められた小径の先にあるのは、これから菊花が生きていく場所――正妃の宮殿である。

香樹と菊花の名前から取って、名を菊香殿《きっこうでん》というらしい。

まだ見ぬ菊香殿は、華香の宮殿よりこぢんまりしているそうだ。

香樹曰く、家は小さければ小さいほど良いのだとか。

できれば菊花の生家を移築したいくらいだと言われて、有り難いやら申し訳ないやら。

「小さければ、くっつく口実になるだろう」

「くっつかなくちゃいけないほど小さな家なの？」

夜、戯れながらそんなことを言い合ったのはつい最近のことである。

気持ちが通じ合ってから、香樹は以前にも増して菊花をそばに置きたがるようになった。

以前は夜と寒い日だけだったのが、最近はずっとである。

菊花の看病をするうち、そばにいる居心地の良さにすっかり味をしめてしまったらしい。

困った皇帝陛下である。

蛇晶帝だが、彼はまだ生きている。

菊花はてっきり黄一族の後始末が終わったらお別れだと思っていたのだが、そういうわけにはいかないらしい。

蛇晶帝曰く、『孫を見るまではこの世を去れぬ！　菊花、頼む！　ぜひ女の子を！　女の子を見せておくれ！』とのことだ。

菊花の隣で香樹が「子の性別は男側で決まると教わったのに、なにを言っているのだ、このじじいは」と言っていたが、見事に聞き流されていた。

皇太子は全ての刑が執行されるのを見届けた日に、ひっそりと姿を消した。

香樹は淡々と「おそらくは呪いが解けて自由になったのだろう」と言っていたけれど、菊花は知っている。本当は、もっと一緒にいたかったことを。

ただ静かに菊花を抱きしめる香樹をあたためた夜を、菊花はきっと忘れない。

「あっ」

木々の合間に、菊香殿と思しき屋根が見えてきた。

サラサラと聞こえるのは水の音だろうか。

戌の国より結婚祝いで噴水が贈られたと聞いていたから、それかもしれない。

後宮へ到着した日。初めて見る噴水に齧りつくように見入っていた菊花のことを登月が覚えていたらしい。

それを聞いたリリーベルが戌の国の王妃と相談し、祝いの品として贈るに至ったのだとか。

登月といえば、彼は宦官を二分していた月派の筆頭を次の世代へ引き継いだそうだ。

「これからはのんびりと、あなたと陛下に茶を振る舞って生きていきます」

まるで隠居した老人のようなことを言いながら、登月は笑っていた。

その顔が少し寂しげに見えたのは、もしかしたら落陽のせいかもしれない。

落陽が罪に問われることはなかったけれど、珠瑛を推薦した以上、自身にも咎はあるとして、彼は自ら後宮を去った。

宦官である彼が後宮の外で生きていく。

それはきっと平坦な道のりではないだろうけれど、穏やかであれと菊花は願っている。

彼とはいろいろあったけれど、不幸を願うほどのことでもなかったからだ。

リリーベルは、菊花の回復を待たずして戌の国へと帰っていった。

菊花と香樹を見ていたら、夫君に会いたくてたまらなくなったそうだ。

一刻も早く会いたいのだと、用意された馬車ではなく早馬で駆けて行った。

それを見た菊花が、「私も習ってみようかなぁ」と言い出し、香樹が必死になって考え直させた話は笑いぐさとなっている。

つい先日届いたばかりの文には、さっそく「夫が鬱陶しい」なんて愚痴が書いてあったけれど、次の行には「夫がかわいくてたまらん」と書いてあって、結局は惚気だった。

王妃からは孫の催促をされているらしいが、惚気るくらいだ。そう遠くない未来に王妃の願いは叶うだろう。

(私もいつか、香樹との間に子どもがほしいわ)

蛇神の血を引く香樹との子どもは卵で生まれるという。

菊花の体からどのように生まれて、どのように育つのか。

勉強熱心な菊花は今から興味津々である。

楽しげに頬を緩ませる菊花に、香樹も自然と笑みが浮かぶ。

「なにを考えている？」

「あなたとの子どもは、どんな子かしらって考えていたわ」

「……それなのだが」

言い淀む香樹。

らしくない彼に、菊花は首をかしげた。

「うん？」

「しばらくは、その……二人きりが良い」

駄目か？とねだるように耳元でささやかれては、たまったものではない。

とんでもない破壊力だ。

菊花は熱で耳が溶けるのではないかと思った。

溶け落ちないように両手で耳を押さえ、真っ赤になった顔で香樹をにらむ。

そこにいたのは、情けない顔でたたずむ一人の男。

冷酷だと恐れられている皇帝陛下にはとても見えない、甘ったれた表情を浮かべている。

「もう」

臆病なくせに、愛する人を守りたい一心で皇帝陛下になった、菊花の大好きな人。

本当は知っている。

二人きりが良い理由がそれだけではないことを。

見た目によらず、彼は家族を大事にする人なのだ。

(おじさまと……まだ離れたくないのでしょう?)

「仕方のない人ね」

そう言って両手を広げてみせれば、「ありがとう、菊花」と言って、ひんやりとした体をすり寄せて抱きすくめる。

フッと笑んだ香樹の手が菊花の顎に触れ、赤い双眸《そうぼう》が甘くにじんで境目をなくした。

「愛しているよ、私のあたため係」

菊花の唇へ、香樹の唇が重なる。

ひんやりとしていた唇が菊花の熱に触れてじわりと熱を帯びていく。

(ああ、これこそ皇帝陛下のあたため係《私のあるべき姿》)

徐々に馴染む温度に、菊花はうっとりと目を閉じた。

番外編

まさかのお茶会

始まりは、菊花の何気ない一言だった。

「最終選考で作ったお菓子……香樹と一緒に食べたかったなぁ」

菊香殿に居を移してしばらく。

息抜きだと言って執務室を抜け出してきた香樹は、後宮の庭にある四阿《あずまや》で菊花の膝枕を堪能していた。

もっちりした太ももに頬を擦りつけ、ふわふわのおなかに顔を埋《うず》める。

左手は脇腹を、右手は二の腕をむにむに。

ああここは桃源郷だろうか――と、香樹がすました顔で内心デレデレしていた時、ぽつりと菊花が言ったのだ。

手製の菓子を一緒に食べたかった、と。

つぶやかれた言葉は至極残念そうで、香樹の胸をきゅっと締めつける。

香樹は二の腕を揉んでいた手をそっと外すと、菊花の頬へ添えた。

すり、と懐くようなしぐさに目を細めながら香樹は尋ねる。

「菊花はたしか、戌の国伝統のアフタヌーンティーで私をもてなしてくれる予定だったな」

「そうよ。サンドイッチなんてパンから焼いた力作だったんだから。それに、リリーベル様が用意してくださったドレスも着られずじまいで……」

しゅんと肩を落とす菊花に、香樹はなにかしてやれないかと頭を悩ませる。

そんな香樹に菊花はハッとなって、「気にしないで。ちょっともったいなかったなって思っただけだから」と、微苦笑で取り繕った。

両親亡きあと、菊花は貧しい生活を送っていた。

もともと裕福な家ではなかったが、一人になってから拍車がかかったらしい。

山に分け入り、猪に追われながら薬草を摘み、それを売ったお金で食いつなぐ。

そんな生活をしていた彼女だから、サンドイッチ一つ残すことさえ気が咎めるのだろう。

そのけなげさを、人は時に「がめつい」「けち」と言うらしいが、香樹はそう思わない。

大切にするからこそ、思うのだ。もったいないと。

（今のはそういう意味ではないだろうが……）

正妃を決める最終選考に対し、菊花が並々ならぬ思いを抱いていたことは香樹とて分かっている。正々堂々と勝負をして香樹の隣に立つのだと――彼女は意気込んでいた。

だからこそ、やるせないのだろう。彼女のせいではないとはいえ、最終選考を経ずに正妃の座についてしまったことが。

菊花なりに気持ちの整理をつけようとしているみたいだが、まだ少し時間がかかりそうである。

（私になにかできることはないだろうか？）

噛みつきたくなるような、やわらかな唇からこぼれるのは、もの寂しそうなため息。

香樹は、これ以上菊花が幸せを逃すことを憂うかのように彼女の唇を奪った。

「んっ……香、樹……」

じわり、と菊花の体温が上がる。

風に揺れる綿毛のように、ふるふると震えるまつ毛のなんと愛らしいことか。

間に挟まれた菊花の手が、行き先に惑うようにもじもじしている。

背中に回して抱きつくべきか、こんな場所で口づけをするなんてと突っ張って窘めるべきか悩んでいるのだろう。

「菊花……」

口づけの合間にたまらず名前を呼べば、困ったように眉が寄る。

小さな縦皺さえ愛しくて、香樹は額へ口づけた。

「ずるいよ、香樹……」

降参とばかりに、菊花のやわらかな体が香樹に寄りかかってくる。

いつの間にやら体勢が逆転していた。

「なにがずるい？　おまえが言ったのではないか。菊花と呼べと」

「そう、だけど……でも、ずるいよ」

ぷくっと頬を膨らませる姿さえ愛らしいなんて、そちらこそずるいと思う。

辛抱たまらなくなった香樹は、菊花を抱き上げた。

そして物陰に控えていた柚安にこっそりと合図を送りながら、上機嫌で菊香殿へ向かったのだった。

「さて、なにから取りかかるべきだと思う？　登月」

息抜きだと言って執務室を抜け出して数時間。

ようやく戻ってきたかと思えば、これである。

香樹の艶やかな表情を見れば、なにをしてきたかなど推し量らなくとも分かるというもの。

これを言うと「よく分かっているではないか」と余計なことを申しつかるので、絶対に言わないが。

主人不在の中、いい加減真面目に仕事をするのも嫌になって茶でも淹れようかと立ち上がったところだった登月は、ため息を吐くために息を吸い込んだ。

すーっ、はーー…………。

登月のこれみよがしなため息にも、香樹は動じない。

登月は開いているのか閉じているのか分からないとよく言われる糸目をグッと開いて、香樹をじとっとにらんだ。

（一体、なにに取りかかろうとしているのやら。どう考えても執務のことではなさそうだ）

こうしている間にも、次から次へと宦官やら文官やらが執務室に入ってきて、「陛下にお願いします」と書簡を置いていく。

登月はそれを無言で受け取り、香樹の執務机へ並べた。

持ち込まれた書簡は、緊急度、重要度によって置き場所を変えている。

緊急度と重要度のどちらも高いものは右へ、重要度が高く緊急度が低いものは中央に、どちらも低いものは左へ。

香樹は隙あらば執務室を抜け出して後宮へ行ってしまうので、右に分類してあるものだけは終わらせていくようにお願いしている。

中央にあるものの半分まで終われば僥倖《ぎょうこう》で、左のものまで一日で終わった試しがないのだが。

後継者問題に頭を悩ませる心配がないのは大変結構だが、執務に差し障りが出るのは時間の問題かもしれない。

「なんのことをおっしゃっているのやら。ああ、もしかしてこの事案のことでしょうか？」

言いながら、登月は一番右に置いてあった書簡を机の上に開く。

「これ以外のことでしたら、私にはさっぱり……」

一人仕事を押しつけられて腹に据えかねていたので、空惚《そらとぼ》けてやる。

おおかた菊花のことだろうとあたりはついているが、なにをしようと言うのか。

面倒なことにならなければ良いが——としれっとした顔の下で、登月は思う。

思い返すと宮女募集の際、菊花を迎えに行くように言われた時もこんな感じだった。

やはり、面倒な予感しかない。

とはいえ、菊花を正妃にと望んだことは厄介であるが正解だったと思う。

（あのような逸材、なかなか出会えるものではない）

国内には、菊花のように才能を埋もれさせている女性が大勢いるだろう。

今回、宮女募集を隠れ蓑《みの》に優れた才能を持つ女性を探したわけだが――結果として、良い試みだったと思う。

宮女に選ばれた者たちは、それぞれの才能を活かして少しずつ活躍の場を広げている。

故郷へ帰された娘たちも、女大学で学んだことをどのように活かしていくのか。

実に楽しみである。

これをきっかけに女性の登用が検討されることはないが、香樹ならばいつかやってのけるのではないかと登月は期待せずにいられない。

「最終選考で菊花は戌の国式のアフタヌーンティーを準備していただろう？　できなかったことを悔やんでいるようだったから、なんとかしてやれないものかと思ってな……」

「なるほど、そうでしたか」

そんな偉業を成し遂げそうな皇帝陛下は、妃のことで頭がいっぱいな様子である。

聞き及んでいたとはいえ、獣人の伴侶に対する執着には並々ならぬものを感じる。

さてどう出てくるかと登月は次の言葉を待った。

「だが今回は最終選考ではないからな。趣向を変え、私がもてなす側になるのも悪くないと思っている」

「陛下が、ですか……？」

「ああ、やってやれないことはないだろう」

登月の脳裏に、戌の国のドレスをまとった香樹が菊花をもてなす情景が思い浮かぶ。

（いやいやいや。なにを考えているのだ、私は）

そういうことではないだろう。似合わなくもないが。

それもこれも全部、疲れているせいだ。

面倒事はさっさと終わらせるに限る。

（そして茶を……茶を飲むのだ……）

登月は持てる力の全てを使って頭を回転させ、思いついた案を口にした。

「ふむ。では、こんなのはいかがでしょうか――」

登月の提案に、香樹は名案だと言わんばかりにニヤリと笑んだのだった。

◇◇◇◇

その日、菊花は朝から大騒ぎだった。

おはようございます、良い朝ですね――と女官の花林に起こされたかと思えば、「本日は予定が入っておりますので……」と、みっちり体を磨き上げられ、絞り上げられた。

（戌の国のコルセット……久しぶりだわ）

身につけているのは、たくし上げた裾が特徴的なドレスだ。

歩きやすくするために裾を持ち上げ、紐で留めてある。

生地はやわらかくドレープが目立つストライプ柄。

動きやすく気軽な雰囲気のこのドレスは、リリーベルが着用してから戌の国で流行《はや》り出したのだとか。

巳の国の後宮では男装の麗人としてその名を馳せたリリーベルだが、自国である戌の国では王子妃として社交界で活躍している。

（おねえさまと過ごした日々が懐かしいわ）

最後に会ってからまだ数カ月しか経っていないが、随分と前のような気がしてしまう。

（そのうち、会えるかしら……）

ぼんやりと思い出に浸っていたら、「ご案内いたします」と花林に促される。

木の葉の間から漏れ差す日の光を思わせる金の髪を揺らし、菊花はうなずいた。

そうして訪れた旧後宮の中庭で、菊花は目をまん丸にすることになった。

先帝の後宮があった場所は既に解体が終わり、使われていた建築材は下賜されている。

残された中庭も同じように寂れた場所になっていると思いきや、そこにあったのは実家を思い起こさせる田園風景だった。

「これは……」

一体どういうこと、と花林へ問いかけるために振り返った菊花は、さらに目を見開いた。

香樹が身にまとうのは、黒の燕尾服。

いつもは流している白金色の長髪はすっきりと一つに結《ゆ》わえられ、首元にはかわいらしい蝶結びの飾りがつけられている。

菊花と目が合うと、彼は胸元に手を当てて恭しく礼をした。

「どう、したの？　香樹……」

「たまにはこういうのも、悪くはなかろう？」

ぽかんとする菊花の手を取り、茶会の席へエスコートする香樹。

あわあわしながらそれでも彼から目を離せない菊花に、香樹は甘やかに微笑んだ。

「ひょわぁ」

あまりにも似合いすぎて、胸が早鐘を打っている。

菊花は慌てて目を逸らした。

これ以上見ていたら失神してしまいそうだ。

「さぁ、こちらへどうぞ」

椅子を引かれ、菊花はちらりと香樹を見た。

丁寧な物言いをしているが、その目は「さぁ座れ」と言わんばかりに、彼らしい偉そうな命令を秘めている。

菊花が席へつくと、香樹はワゴンに乗っていた茶器で紅茶を淹れ始めた。

あたためたポットに茶葉を入れ、沸騰したてのお湯を高い位置から注ぐ。

そうすることで、勢いよく茶葉が対流して良い味が出るのだ。

蒸らし時間が終わったら、ポットの中を匙《さじ》で軽くひと混ぜ。

茶漉《こ》しで茶がらを漉しながら、濃さが均一になるように回し注ぐ。

ベスト・ドロップと呼ばれる最後の一滴まで注いだら完成である。

菊花は目の前で起こった一連の出来事を信じられない面持ちで眺めていた。

「香樹が……お茶すら淹れられない香樹が、紅茶を淹れて……？」

普段は「適材適所だ」とか言って登月にやらせている、あの香樹が。

菊花が特訓に特訓を重ねてもできなかった、高いところからお湯を注ぐこともやってみせた香樹に、パチパチと感動の拍手を送る。

彼は照れくさそうに頬を緩ませながら、菊花のために淹れた一杯を差し出した。

「私だって、たまには淹れる」

そう言って唇を尖らせる香樹は、年相応の青年で。

冷ややかに睥睨する皇帝陛下と今の彼、どちらが本当の香樹なのだろうと、疑問が頭をもたげる。

（でも、きっと。どちらも本当の香樹なのだわ）

皇帝陛下な彼も、今の彼も。

菊花が目にしている彼も、隠されている彼も。

全部ひっくるめて、白香樹なのだ。

（私はどんな一面があろうと、香樹を愛し続けるわ）

祈るような誓いは、菊花の愛情をやわらかに燃え上がらせる。

「香樹、ありがとう」

菊花は大好きの気持ちを込めて、不貞腐れている香樹の唇へ口づけを贈った。

あとがき

はじめましての方もそうでない方も、こんにちは。森湖春です。

この度は『皇帝陛下のあたため係』をお手に取ってくださり、ありがとうございます。

あとがきを最初に読むタイプの読者さんでなければ、おそらく全部読んだあとにあとがきを読んでくれていることでしょう。

本作『皇帝陛下のあたため係』はお楽しみいただけましたでしょうか？

私は書いていて、とっても楽しかったです。だけど本音を言えば、少し頭が痛かった。

中華ファンタジーものはいつか絶対に書くぞと思っていたジャンルでしたが、学校の授業で習わなかったことばかりだったので、学んでは書いて、学んでは書いての繰り返しでした。

考えすぎると後頭部がカーッと熱くなって、それ以上考えられなくなる時もありました。

それでも、元気いっぱいな菊花をどうにか皆様にお届けしたい。

その一心で、毎日少しずつ書きためて、Ｗｅｂで公開して。

さまざまな方に助言をいただいて、手直ししながら公開を続けて。

そうしたらある時、お声を掛けていただきました。書籍化しませんか、と。

それだけでも嬉しいのに、お声がけしてくださったのが一読者として大変お世話になっているＰＡＳＨ！ブックスさんだったものですから、思わず菊花みたいに声が出ちゃいました。ぴ

あとがき

やあ、って。

まぁ、普段からおかしな声を出しているんですけどね。

さてさて。皆様は、登場人物の中で誰が一番好きですか？

実は私……登月がお気に入りだったりします！

なにを考えているのかわからない、うさんくさい狐系男子が大変好みでして。

菊花を迎えに来たシーンは、とても楽しく書かせていただきました！

皆様もぜひぜひ、好きな登場人物（蛇も可！）を教えてくださいね。

本作のイラストレーターを引き受けてくださったのは、Ｍａｔｓｕｋｉ先生です。

カバーイラストと口絵を拝見した時は昇天するかと思いました。愛らしく色気もあるとてもすてきなイラストを描いてくださり、ありがとうございます！

そして、担当Ｊ様、本作を出版するにあたり関わったすべての方々、なにより読者の皆様に、心から感謝申し上げます。

皆様に、少しでも楽しい読書タイムをお届けできていたら幸いです。

またいつか、どこかでお会いできることを祈って。

本当に、ありがとうございました。

二〇二三年十二月吉日　森湖春

好評発売中！

毎月
第1金曜日
発売☆

TVアニメ化決定！

妃教育から逃げたい私

著：沢野いずみ　　イラスト：夢咲ミル

王太子クラークの婚約者レティシアは、ある日クラークが別の令嬢を連れている場面を目撃する。「クラーク様が心変わり…ということは婚約破棄！　やったぁぁぁ!!」娘を溺愛する父侯爵のもとでのびのび育ってきたレティシアには、厳しい妃教育も、堅苦しい王太子妃という地位も苦痛だったのだ。喜び勇んで田舎の領地に引きこもり、久々の自由を満喫していたレティシアだが、急にクラークが訪ねてきて恐ろしい宣言をする。「俺たちまだ婚約継続中だから。近々迎えに来るよ」――何それ今さら困るんですけど!?　私の平穏を返して!!

PASH UP!

URL https://pash-up.jp/
X（旧Twitter） @pash_ _up

この本を読んでのご意見・ご感想・ファンレターをお待ちしております。
<宛先>〒104-8357　東京都中央区京橋3-5-7
（株）主婦と生活社　PASH!ブックス編集部
「森 湖春先生」係
※本書は「小説家になろう」（https://syosetu.com）に掲載されていたものを、改稿のうえ書籍化したものです。
※この作品はフィクションであり、実在の人物・団体・法律・事件などとは一切関係ありません。

PASH!ブックス

皇帝陛下のあたため係

2023年12月30日　1刷発行

著者	森 湖春
イラスト	Matsuki
編集人	山口純平
発行人	倉次辰男
発行所	株式会社主婦と生活社 〒104-8357　東京都中央区京橋3-5-7 03-3563-5315（編集） 03-3563-5121（販売） 03-3563-5125（生産） ホームページ　https://www.shufu.co.jp
製版所	株式会社明昌堂
印刷所	大日本印刷株式会社
製本所	共同製本株式会社
デザイン	井上南子
編集	上元いづみ

ISBN978-4-391-16140-3